プロローグ

プロローグ

『なんか、ごめん』
　そう言った15歳の彼の横顔が、夜空を彩る花火の明かりにパッと照らされた。大きな音が境内にも心臓にも響き、少し離れた場所から歓声が聞こえる。
　浴衣姿の私は、巾着の紐をぎゅっと握りしめた。なんとも居心地の悪い空気が自分のせいな気がして、ゆっくりとうつむく。
『こっちこそ……ごめん』
　2年前の私たちは、それ以外に言葉を見つけることができなくて、そのまま別々の道を通って帰った。
　まだ花火は終わっていなかったけれど、最後まで見ようという気にはならなかった。

プロローグ
2

猫の夢
6

夏祭りの思い出
17

後ろの席の芝崎くん
32

予定通りの恋愛イベント
47

人気者のふたり
55

校外学習日
67

芝崎くんの好きな人
86

恋愛予定の相手
102

置いてけぼりの私
115

告白の返事と、好きな人のヒント
136

あの夏の答え合わせ
157

告白予定日
177

猫の夢

4月26日（金）

　高校2年生になり、もうすぐ1か月。
　このころになると、一緒に話す友だちやグループがだんだん決まってきて、昼食時間の光景も毎日同じになる。私はというと、自分を入れた女子4人グループで机をくっつけ、お弁当箱を片づけながらみんなの話を聞いていた。
　うちの高校ではお弁当組と食堂・売店組に分かれていて、この時間の教室はだいたい半分くらいの人数だ。
「サナルの動画見た？　ヤバイよね、このダンス」
「見た見たー。めちゃくちゃかっこいい！」
「この前のコラボもよかったよね」
　共通の趣味の話題で盛り上がっているのは、優花ちゃんと美沙ちゃんと春菜ちゃん。2年生になって初めて同じクラスになった女子たちだ。3人とも1年の時に同じクラスだったらしく、浮いていた私に声をかけ、グループに入れてくれた。
　サナルくんが前回コラボした人……えーと、名前はなんだったっけ？　ちゃんとチェックして

たんだけどな。思い出せ、私！
「あ！　ミ、ミクルンとのコラボダンスでしょ？　あれ、ホント息ぴったりだったよね！」
　人差し指を立てて勢いよく話に入ると、３人が私を見て一瞬止まり、同時に吹き出した。
「アハハ、ミクルンじゃなくてミクリンだよ、千奈美ちゃん」
「あ、あれ？　ハハ、まちがえちゃった。そうそう、ミクリンミクリン」
　はずかしい。春菜ちゃんの指摘に頭をかく。
「たしかに息ぴったりだったけどさ、ミクリンていろんな人とコラボしまくりで、有名になろうって必死すぎだよね」
「わかるー。ぶりっこだし、笑顔の押しつけがすごいっていうか、テンション高すぎるっていうかね」
　優花ちゃんと美沙ちゃんの話に、私は首をかしげた。
「そうかな？　いろんな人のダンス完コピしてるし、どんな時も笑顔だし、すごい努力家だなって私は思ったけど……」
　そこまで言うと、３人がしんとなる。あ、ヤバイ、またまちがえた。そう思った私は、瞬時

に話の方向修正をする。
「にしても、サナルくんにくっつきすぎて、ちょっとなーって思ったよね、正直」
　うんうん、と大きくうなずく3人を見て胸をなでおろすと、隣の優花ちゃんが私の腕を人差し指でツンツンとつついてきた。
「千奈美ちゃんもすっかりサナルファンだね。仲間じゃん」
　得意そうに微笑む優花ちゃん。私は、仲間という言葉にホッとして、笑顔を返した。
　彼女はグループのなかで、いや、この学年のなかでも美人なほうだ。スタイルもいいし、長い黒髪もツヤツヤだし、流行にも敏感。自然と会話の中心になることが多い。
　だから、最初は少し気後れしていたのだけれど、同じ話題、同じノリを心がければ、自分もこのグループのなかにいてもいいんだって思えるようになってきた。彼女たち好みのエンタメやトレンドをチェックする手間も、ぼっちになる怖さに比べたらなんてことはない。
「そういえばさ、優花は彼氏と仲直りした？　この前ケンカしてたじゃん」
「聞いてよー、それがさ」

今度は、ゆいいつ彼氏がいる優花ちゃんの恋愛話に移る。美沙ちゃんも春菜ちゃんも、恋バナが好きらしくて興味津々だ。そして、ひとしきりグチをこぼし終えると、口をはさまずに相槌だけ打っていた私に、美沙ちゃんがふと聞いてきた。
「千奈美ちゃんて、あんまり恋バナしないよね？　もしかして興味ない？」
「えっ？　ううん、あるある！　ただ、無縁なだけで」
「無縁て。好きになったこととか、告白されたこととか、今まで１回くらいはあるでしょ？」
「それが、残念ながらないんだよねー。いつ私にも春が来るんだろう」
　３人とも、おちゃらけて答える私をアハハと笑う。
　恋バナにも、もっと興味を示さなきゃな。じゃないと、話題に置いてけぼりになっちゃう。
「でも、片想いすらないってめずらしいよね。同級生でいいなと思った人もいないの？　たとえば、宗田くんとかさ。かっこよくない？」
　春菜ちゃんに言われ、私は宗田くんを目で探した。すると、食堂から戻ってきたのだろう、廊

下から教室内にぞろぞろと入ってくる男子集団のなかに、彼を見つける。宗田くんも初めて同じクラスになったから、最近やっと顔と名前が一致したところだ。

　身長はそこまで高くないけれど、髪がサラサラで、中性的で整った顔をしている。清潔感があるし、優しい雰囲気で落ち着いているし、クラスの女子に人気なのもうなずける。
「うん、たしかにかっこいい」
「でしょ？　顔も頭も性格もいいっていうね。できすぎだよね。バスケ部に入ってて、1、3年の女子が見に来るらしいよ」
「アハハ、春菜が宗田くんのファンじゃん」
　美沙ちゃんが春菜ちゃんにツッコミを入れて、また4人で笑い合う。
　私は、宗田くんを含む男子集団を、またこっそりと見た。そして、そのなかに芝崎くんがいるのを確認する。

　みんなのなかでいちばん身長が高く、目が切れ長で、少し冷ややかそうにも見えるその立ち姿。同じ中学校だった彼をちらりと目に入れた私は、すぐに3人へと視線を戻したのだった。

放課後、今日は所属しているバドミントン部が休みだったので、いつもより早い時間に学校を出た。
　家に帰る途中、神社の前で立ち止まった。ニー、ニーと猫の高い声が聞こえる。いつもは素通りするその神社は、中３のころに夏祭りで入って以来、足を踏み入れていない。
　鳴き声のするほうを見上げながらキョロキョロすると、鳥居の手前の桜の木、その太い枝にしがみついている白い仔猫を見つけた。私には届く高さだけれど、きっと下りられなくなったのだろう。
「怖いよね？　すぐ助けるから待っててね」
　仔猫に微笑みかけた私は、すでに葉っぱだけになっている桜の細かい枝をかき分け、背伸びをしながら手を伸ばす。仔猫は人間に慣れていないようで怯えた様子を見せたけれど、首根っこを優しくつかみ、手のひらで包むように枝から剥がすと、おとなしくなった。
　けれど、地面に下ろしたとたんに、すごいスピードで逃げられた。

「速……。でも、よかった」
　仔猫が境内のほうへ走り、茂みのなかへ突っこんでいくのが見えた。ちょっと笑ってしまった私は、そのまま境内を見ながらたたずむ。

　４月の終わりの強い風が、杉の木や桜の木をいっせいに揺らした。夕方の橙色の光と影が、木々のすきまからいくつものもようを地面に映し出し、あの日の花火を思い出させる。
　――『なんか、ごめん』
　風の音がそう聞こえた気がして、私は踵を返して家路についた。

　その夜、夢を見た。夕方に仔猫を助けた、あの神社の夢だ。
『あれ？　あの仔猫と……もう１匹いる？』
　ちょうど鳥居の真下に、助けた白い仔猫と、そのふたまわりほど大きい白猫がちょこんと並んで座っていた。近づくと、仔猫が遠慮気味にニーと鳴き、もう１匹も口を開く。
『うちの了を助けていただき、ありがとうございました』
『はっ？　猫がしゃべった！』

男とも女ともいえない不思議な声に思わず叫んでしまったけれど、すぐにこれは夢だと気づく。なぜなら、この鳥居以外のものがすべて薄くぼやけているからだ。
　夢なら、猫がしゃべってもおかしくはない。かなりメルヘンな夢だけれど。
『お礼をしたいのですが、何か望みはありませんか？　欲しいものでも知りたいことでも、なんでもかまいません』
　金色と水色を足して透明度をアップさせたみたいなきれいな目で、射るように私を見る白猫。
『望み？　えー……ホント？　いいの？』
　夢とはいえ、そんな夢みたいなことを言われるとうれしい。私は、あごに手を置き『うーん……』と首をひねった。
　望み……欲しいもの……。あれ？　意外とこういう時に出てこないな。世界平和？　大きすぎるか。洋服？　いやいや、しょぼすぎる。
『ないなら、無理には聞きません。本当にありがとうござ……』
『ちょっと待って！　帰らないで！』
　鳥居の奥へ去ろうとした猫の親子を、あわてて呼び止める。そして夢だということも忘れて、

必死に望みをしぼり出す。

　そうだ、知りたいことはある。昼に"片想いすらないってめずらしい"って言われたことが引っかかっていたんだ。恋バナにも、ちゃんとついていきたいし。

『恋愛予定が知りたい！』

『恋愛予定？』

『そう、今まで好きな人とか彼氏とかできたことないから、自分に今後そういうできごとが起こるのかを知りたい』

　親猫は、眉を寄せた。猫の表情はわかりにくいというけれど、困ったような考えこんでいるような、そんな顔だ。やっぱり無理かな。

『わかりました。ただし、このことはだれにも言わないでください』

『えっ？　ホント？　うん、言わない。ぜったい言わない』

　そう言ったと同時に、この空間の上のほうから声が聞こえた。

「千奈美ー、そろそろ起きなきゃ、もう朝よー」

　お母さんの声だ。

　あぁ、やっぱり夢だったと確信した。私はうっすらと目を開ける。自分の部屋の見慣れた白

い天井が、細い視界に見えはじめる。
『では、あ……Ο……け、……を……しょう』
　あの親猫の声が、最後に途切れ途切れに聞こえた。けれど、
「千奈美ー、聞こえてるのー？」
　部屋のドアを開けたお母さんの声に重なって、はっきりと聞き取ることができなかった。
「んー……起きたよ。聞こえてる」
　目を開け、けだるく体を起こした私は、頭をぽりぽりとかく。
　そんな私を見て、お母さんは、
「いつになったら自分で起きられるようになるのかしらね」
と鼻を鳴らしながらカーテンを開け、部屋を出ていった。
　ピチピチと雀の鳴き声が聞こえる。朝の光がまぶしくて目をこすった私は、
「なんか……変な夢だったなぁ……」
　とつぶやいた。

　その日は、少し期待して過ごしたものの何の代わり映えもなく、気づけばそのことは忘れてしまっていた。

夏祭りの思い出

5月1日（水）

　5月になった。

　登校の支度を終えた私は、いつものようにスマホを手に取り、SNSを開いて、優花ちゃんたちが好きなアイドルグループのニュースや、プチプラ新作コスメのチェックをはじめた。これはもう、日課になっている。

「今夜、新曲初披露？　ぜったいこの話で盛り上がるだろうな」

「へぇ、このうるるんリップ、限定かぁ」

　正直言って、あまり興味はない。でも、こういう話についていけないと、グループ内ではたちまちつまらない人間になってしまうのだ。

　リップの発売日を確認するために机の横の壁にかけているカレンダーを見ると、まだ4月のままだった。ピンク色だったいちばん上の1枚をミシン目に沿って切り取り、ぐしゃぐしゃに丸めてゴミ箱に捨てる。すると、新緑を思わせる黄緑色の5月のページが現れた。

「ん？」

　ふと、5月7日のところに何か書いてあることに気づく。最初、何かの祝日かと思ったけれ

ど、ちがうようだ。顔を近づけて確認してみる。
　　　５月７日　「接近する日」
「……何これ」
　私の字じゃない。きれいな字で、もともと印刷されていたようにも見える。このカレンダーをつくった人の遊び心だろうか？
　不思議に思いながらも、学校に遅れそうだと急いで部屋をあとにした。

　学校に着き、昇降口で会った優花ちゃんにあいさつをする。
「おはよう、優花ちゃん」
「おはよー、千奈美ちゃん。あ、春菜も来た」
「おはよ！　ふたりとも」
　３人ともくつ箱で上履きに履き替えたタイミングで、同じクラスの女子が昇降口に入ってきた。クラスの女子のなかでいちばん身長が高くて細身の彼女は、肩下の黒髪をひとつに結び、ぱっつん前髪は睫毛にかかるほどの長さだ。
　目が合い、私は、
「おはよう、藤間さん」
　と言ってくつ箱の場所を空ける。
「おはよう」

藤間さんはすばやく履き替え、すぐに階段をのぼっていった。その後ろ姿が見えなくなると、優花ちゃんが春菜ちゃんに目配せをし、私に尋ねてくる。
「千奈美ちゃんて、藤間さんと仲がいいの？」
「仲がいいっていうわけじゃないけど……同じバド部だから」
　ひそひそ話の声色に、私も同じトーンで返すと、ふたりとも「ふーん」と言って小刻みにうなずく。
　１年ではちがうクラスだったけれど、部活の時にはあいさつをしたり、必要な声をかけ合ったりする仲だ。あまりおしゃべりするタイプじゃないらしくて、必要最小限な会話しかしたことがないけれど。
「ちょっと感じ悪いよね。今も、千奈美ちゃんにだけあいさつして、私たちにはしなかったじゃん？」
「教室で話しかけても無愛想だし、ノリも悪いし……千奈美ちゃんもそう思わない？」
　えーと、あいさつしなかったのは、優花ちゃん春菜ちゃんも同じじゃないかな。それに……。
「そんなこと……」

"ないと思うけど"と言いかけて、ハッとする。そして、

「えーと……ハハ、たしかに近寄りがたい雰囲気はあるよね」

と言い直した。

嘘ではない。クラス内での藤間さんは、休み時間はいつも本を読んでいて、それをじゃまされたくないのか、そっけない態度に見える。部活の時も、みんなでワイワイするよりも、ひとりで黙々と基礎練習に励んでいる印象だ。

でも、あいさつしたらちゃんと返してくれたり、１年の時にも私のクラスまで部活の伝達事項を伝えに来てくれたりして、感じが悪いと思ったことはない。それも本当だ。

ただ、それをここで言ったところで「ふーん」で終わり、また微妙な空気になるだけだろう。だから私は、うなずきながら愛想笑いに徹した。

５月７日（火）

ゴールデンウィーク明けの火曜日、放課後に部活のため体育館へ向かう。

週３日練習のバドミントン部は、先月まで外部の体育館で練習していたけれど、そこの補修

工事の関係で、今月から一時的に学校の体育館で練習することになった。

　バレー、バスケ、バドミントンの３部活が重なるので少し窮屈だけれど、他の部活の様子が見られるのは新鮮だ。

　着くとすでに、網で仕切られた隣のコートではバスケ部の練習がはじまっていて、ダンッダンッとバスケットボールが弾む音や、キュッキュッとシューズの音が体育館に響いていた。今まであまり聞いてこなかった音だから、ちょっとソワソワするし、バスケ部は男子だけだから、身長も高くて威圧感がある。

　逆に、バドミントン部は８割方女子だ。いつもとちがい、手鏡でやたらと髪を整えている子や、普段すっぴんなのにうっすら化粧をしている子もいる。バスケ部男子を意識してのことだろう。異性がいるというだけで、全然ちがう。

「ごめん、ボールそっち行った」

　それは、バドミントン部が休憩中の時だった。仕切り網のすきまからバスケットボールが転がってきて、バスケ部の男子がそのボールを追って声をかけてきた。

　立ち上がってボールを取りに行った私は、

「はい」
　と言いながら振り返って初めて、網をくぐって近くまで来ていたその男子を見る。と同時に、ひゅっと息をのんだ。
「……っ！」
　えっ、芝崎くん!?
　前髪が汗で濡れてキラキラしている彼は、同じクラスの芝崎くんだった。バスケ部だったとは全然知らず、しかもこんなに間近で見たのは久しぶりで、ぎょっとしてしまった。
「サンキュ」
　汗を腕でぬぐいながら右手でボールを受け取った芝崎くんは、私を見てかすかに口の端を上げる。教室ではあまり笑った顔を見ないから、めずらしい。
「バド部、休憩多くない？」
「じょ、女子が多いし、男子バスケ部の体力とはちがうんだよ」
　とっさに返したけれど、ちょっと緊張してしまった。なぜなら、芝崎くんと話すのは、同じクラスだった中学3年の時以来だからだ。
　しかも、その時より、かなり身長が高くなっている。もう少しで180センチくらいになるん

じゃないだろうか。大人の男性と話しているみたいでどぎまぎしてしまう。
「おい、芝崎、ボールボール」
網の向こうから、もうひとり男子が来た。宗田くんだ。そういえば、春菜ちゃんが宗田くんはバスケ部だと言っていたなと思い出す。
「あれ？　えっと、同じクラスの真鍋さん！　バド部なんだ？」
「……うん」
宗田くんが私のことを認識していたことにおどろき、返事が遅れた。笑顔がさわやかで、人あたりがよく、モテるのもうなずける。
「これから、教室でも体育館でも一緒だね！　よろしく」
宗田くんがこちらに手を上げると、芝崎くんが網をあちらへとくぐり、ふたりで練習に戻っていった。
びっくりしたー……。
宗田くんにもだけれど、何より芝崎くんにおどろいた。中3の2学期から、あんなにぎくしゃくしていたのに、それ以来今の今までずっと話せなかったのに、あんなふうに自然に会話できるなんて思わなかった。

「…………」

　中３の夏休みのできごとを思い出すと、今でも苦い気持ちがよみがえってくる。そのせいで、ずっと気まずかったから……。

『え？　みんな来れない？　芝崎くんだけ？　なんで？』

　祭囃子や人々の笑い声や話し声でごった返しのなか、私はスマホに耳をぴったりとくっつけながら大声で聞き返していた。

　中３の夏休みの終わりにあった夏祭り。仲良しだった男女グループ５人で一緒に行こうと約束していたのに、なぜか３人も来られなくなったというのだ。

　私の横には、ジーンズに白いＴシャツ姿の芝崎くんが立っていて、スマホ画面をスクロールしている。彼もさっき男友だちに連絡をして、同じことを言われていた。

『あのね、これ、芝崎くんには内緒なんだけど、実はみんなで作戦立てたんだ。芝崎くん、千奈美のこと好きみたいだし、ふたりともお似合い

だし、夏祭りでいい雰囲気にさせてつき合わせようって』

『ええっ?』

　信じられないことを言われて、私は心の底から声を出した。

　何それ?　私は芝崎くんのことをそういう気持ちで見たことないし、なんで勝手にこういうことするんだろう。

『そういうことだから、がんばって!　今度どうだったか聞かせてね』

『ちょっ……』

　切れてしまったスマホの画面に目を落とし、モヤモヤした気持ちが最高潮になる。

　女子３人で花柄の浴衣を着ていこうって約束したから、この紫陽花もようの浴衣をわざわざ買ってもらって着てきたのに。５人でワイワイ楽しく出店をまわるの、本当に楽しみにしてたのに。

　作戦なんて知らない。裏切られた気分だ。

『とりあえず……店、まわる?』

　芝崎くんに声をかけられ、私は彼の後ろを歩きながらずっとうつむいていた。まわりのライトもまぶしいし、にぎやかであればあるほど、無

言で縦に並んで歩いている私たちが場ちがいな気がして、どんどんみじめな気持ちになっていく。

　途中、りんご飴をひとつずつ買ったことは買ったけれど、私は1度も口にせず、手に持ったままだった。

『あれ、芝崎じゃん！　あと……真鍋さん？』

　花火がはじまる間際、綿菓子屋の前で、同級生の男子集団に見つかった。お面を横にかぶった男子にニヤニヤしながら冷やかされ、芝崎くんは否定してくれたけれど、本当に嫌だった。嫌でたまらなかった。

『もう……帰ろう？　芝崎くん』

　だから、彼らが去ったあと、我慢できずにそう言ってしまったんだ。

『境内のほうは人が少ないし、花火、少しだけでも見て帰らない？』

　芝崎くんに言われて最後に境内のほうへ行ったけれど、杉の木が境内を囲んでいて、そのすきまからちらほら見える低い花火に、私たちの空気が回復することはなかった。

『なんか、ごめん』

　芝崎くんがそう言ったとたん、それまででい

ちばん高い花火が上がった。薄暗かったこのエリアもパッと明るくなり、見上げた夜空に大輪が咲く。一瞬遅れて、地響きのような重く大きな音。そして、大勢の歓声。

　……謝らせてしまった。芝崎くんは何も悪くないのに。悪いのは、ずっと不機嫌だった私なのに。ううん、そもそも、頼まれてもいないのに勝手なことをした、あの3人なのに。

『こっちこそ……ごめん』

　その後、ふたりとも別々の道を通って帰宅した。浴衣をぎゅっと握ると、紫陽花がぐしゃりと歪む。歩道に響くカランカランという下駄の音も、ひどく耳障りだった。

　そしてすぐにやってきた新学期、私は自分のモヤモヤした気持ちを、ぜんぶふたりの女友だちにぶつけた。言わずにいられなかったんだ。

『なんで勝手にあんなことをしたの？』『すごく嫌だったし、逆に雰囲気が悪くなった』『私は芝崎くんのこと好きじゃないのに』

　友だちだからこそ、わかってほしかった。正直に言うのが大事だと思った。それなのに……。

『ふたりとも教室で仲良さそうに話してたし、両想いだと思ってた』『悪気はなかった』『よかれ

と思ってやったのに』『そこまで言うなんてひどい』『じゃあ、帰ればよかったじゃん』

　返ってきたのはそんな言葉の数々。そして、その日を境に避けられはじめ、私はひとりでいることが多くなった。

　しかも、祭りで目撃されたからか、一部の人たちの間で、芝崎くんと交際後に私がすぐにフった、という噂まで流れた。ヒソヒソ声のなかに『最低』という言葉を聞いたこともある。もちろん、芝崎くんともぎくしゃくしたままで、中学校生活は終わった。

　どうすることが正解だったのだろうか。にこにこして芝崎くんと祭りを楽しめばよかった？　自分の本音を友だちに伝えなければよかった？　ぜんぶ空気を読んで、まわりに合わせていたらよかった？

　そしたら、まわりから人がいなくなるなんてことはなかったのだろうか。

　そんな苦い思い出と葛藤に悩まされた、この

２年間。高校生になって、例の女子たちとは学校が離れたけれど、結局、本音で語り合えるような友だちはつくれないまま、高１も終わってしまった。

　だからこそ高２になった今、新しくできた友だちを大切にしようと思っている。

　でも、芝崎くんが普通に話しかけてくれたことは意外だった。もう、会話することはないだろうと思っていたから……。

『サンキュ』

　ボールを受け取り、ふわりと微笑んだ芝崎くんを思い返す。まるで、中３のあのできごとがなかったかのようだ。以前の仲良くしゃべっていたころみたいに、とても自然だった。

　もしかしたら、ずっと気にしてとらわれていたのは、私だけだったのかもしれない。もう月日もたったし、あと１年して卒業したら別々の大学に行くだろうし、せっかくクラスメイトになったんだから、私も前みたいに話しかけてみようかな。

　そんな決意を固めながら家に帰り着いた私は、自分の部屋に入ってバッグを置き、なんとなくカレンダーを見た。

「……あれ？」
　　　　５月７日　「接近する日」
　５月７日は、今日だ。そういえば、５月に入ったばかりの時に文字に気づいたけれど、今の今まで忘れていた。
「待って……増えてるんだけど」
　しかも、同じような文字が他の日にも追加されていた。カレンダーを５月に変えた時にはなかったはずだ。いつの間に？

　　５月15日　「忘れ物を借りる日」
　　５月19日　「手を振る日」
　　５月24日　「手をつなぐ日」

　人差し指でそれぞれの部分をなぞる。鉛筆でもペンでもないようなその字は、やはりもともと印刷されていたかのように美しい。
「……何これ。どういうこと？」
　疲れているのかな？　少し怖くなってきた私は、首をひねりながら部屋をうろうろする。そして、目頭を押さえてひと呼吸置いてから、もう一度カレンダーを確認した。けれど、文字はたしかに書かれたままだった。

後ろの席の芝崎くん

5月8日（水）

　翌日、席替えがあった。くじ引きの数字を黒板に書かれた席順と照らし合わせ、みんなガタガタと机を移動する。
　私は、窓際の真ん中あたりの席だった。窓があるので中庭の緑が見えるし、左隣がいないから、落ち着けてラッキーだ。
「あ、真鍋が前？　よろしく」
「えっ？　あ……うん。よ、よろしく」
　移動が終わると、すぐ後ろから芝崎くんに声をかけられた。芝崎くんは、私の後ろの席のようだ。短く言葉を交わし、机を整えて座る。
　まさか、芝崎くんの前の席になるなんて思わなかったから、おどろいた。落ち着くどころか、ソワソワしてしまう。
「……しっぽ」
　背後からぼそりとそんな声が聞こえ、ちらりと横顔で振り返る。すると、芝崎くんが顔をうつむかせながらふっと笑った。
「何？」
「いや、その髪、あいかわらずウサギのしっぽみたいだな、って」

芝崎くんは、私の結んだ髪から短く出ている部分を指差している。
　今日は、肩につくかつかないかの髪を、久しぶりにひとつに結んでいた。
『ウサギのしっぽ』
　それは、中3の1学期、芝崎くんと席が隣同士になり、よく話すようになったころに言われた言葉と同じだった。結び目からちょこんと出た私の髪を指でツンツンとされ、よくからかわれた。
　あのころは、男女関係なくみんな仲良しだったな。高校生となった今では、男子は男子、女子は女子、と自然と離れるようになったけれど。
「こ、このあとの英語、テストらしいよ。復習しなくていいの？」
　久しぶりに髪のことを言われて少し照れくさくなった私は、前を向きながらぶっきらぼうに話題を切り替えた。芝崎くんが普通に話しかけてくれるから、私も自然に自然にと思うけれど、まだちょっとぎこちない。
「あー……だるいな。俺、日本から出る予定ないから、英語とか必要ないんだけど。アイキャントスピークイングリッシュだけ覚えればよく

ない?」

　声がくぐもったから、見なくても机に突っ伏したんだなとわかった。私は、こっそり笑ってしまった。

　その日は１日、なんだかうなじがくすぐったかった。

「にしても、ありえなくないか？　漢字100問テストを抜き打ちでするって」
「おまえ、何点？　うわ、半分バツじゃん」
「宗田は？」
「97点だよ」
「たった３問ミス？　これだからこの男は」

　数日後、後ろの席を囲んで盛り上がっている５人の男子。芝崎くんや宗田くんはそれほどペチャクチャ話すほうではないけれど、それ以外の男子の声が大きくて、嫌でも前の席である私の耳に内容が入ってくる。

　窓際の席だから落ち着けると思っていたけれど、芝崎くんのまわりに人が集まるから無理そうだ。私は鼻で息をつき、同じテストを折りた

たんで机のなかに片づけようとした。けれど、窓からの風にあおられ、床に落としてしまう。
「ん？　何これ……はっ？　ちょっと待って。えっと真鍋さんだっけ？　満点？　嘘だろ？」
「あっ！　いや、あの……」
　しまった、見られた。あわてて拾い、机に突っこむ。
　私は、国語だけはいつも高得点で、特に漢字は漢検を受験していることもあって得意なのだ。
「宗田以上じゃん、すげー！」
「抜き打ちで、しかも100問テストで満点とか、初めて見た」
　芝崎くん宗田くん以外の男子が、ひと際大きな声で騒ぐ。おかげで、ちらちらとこちらを見てくる教室内のクラスメイトたち。私が自分で言ったと思われていそうで、ちょっと嫌だ。
「おい、いくら点数がよくても、人の点数を勝手にまわりにバラすなよ」
　けれど、芝崎くんがかたい声を出したことで、一瞬この場の空気が止まる。そして、注目していた人たちも視線を戻した。
「そうそう。僕は自慢したいからかまわないけど、そうじゃない人もいるだろうしさ」

続けて、宗田くんがやわらかい口調で言ったところで、ちょうどチャイムが鳴った。騒いでいた男子たちが、
「すみませんでした、真鍋さん」
　と手を合わせて謝る。
「う、ううん！　全然！」
　とんでもない、というように両手を低めに振ると、みんな自分の席へと戻っていった。
　……でも、ちょっと助かったかも。みんなから注目されるのは、居心地が悪くてあまり好きじゃないからだ。
「あ……」
　ありがとうと伝えるために振り返ろうとすると、すぐに先生が入ってきて、前へ向き直る。タイミングが悪い。
　歴史の教科書をあわてて準備しながらも、なんとなく背中が落ち着かなくて、背筋が伸びた。

　そういえば、芝崎くん、中３のころもこんな感じだったな。
　男子のひとりが睫毛が長くて、女子みたいだと男子集団にからかわれていた時『こんなにいろんな人間がいるのに、そういう決めつけみた

いなことを言うやつがまだいるんだな。そもそも、睫毛が短い女子もいるし、どっちにも失礼だろ』と言っていたのを目撃したことがあった。
　大勢に対して自分ひとりの意見がちがっていても、ひるまないのだ。自分が正しいと思うことをしっかりと伝える。それで空気を壊してしまったとしても。
　あと、宗田くんもすごい。にこにこと自然にフォローして、和やかムードにすんなりと戻していた。かんたんそうに見えて、なかなかあんなにスマートにはできない。きっと、男子にも女子にも好かれるタイプだろうな。
「……鍋さん。真鍋さん」
「はっ、はい！」
　先生の声に我に返り、返事をする。教卓に寄りかかって教科書を開いている初老の男の先生。その細い目と、ばっちりと目が合った。
「続きを読んでください」
　しまった、と思いながら、教科書をペラペラとめくる。きっと教科書も開かずにぼーっとしていたから、あてられたのだろう。自業自得だけれど、最悪だ。
「39ページ、5行目」

すると、後ろからこっそりと聞こえてきた、芝崎くんの声。私は、すぐさまそのページを開き、５行目から読みはじめる。
　助かった……。読み終えて胸をなでおろした私は、窓向きに半分振り向き、今度こそ小声で、
「ありがとう」と言ったのだった。

　それから、ちょこちょこと芝崎くんと話す機会が増え、気まずさを感じることが少なくなってきた。
「おはよう、芝崎くん」「おはよう」
　あいさつはもちろん、
「悪い、今日の古文の訳教えてくれない？　俺、あたるんだった」
「いいけど、代わりに何してもらおうかな」
「おい、この前の授業中、ページを教えただろ」
　こんなやりとりや、
「あー……しまった、消しゴムがない」
「はい。俺、２個持ってるから貸してやるよ」
「ありがとう。でも、なんかえらそうな言い方だね」

「真鍋は、ひとこと余計だな」
　こんなやりとり、
「あ、芝崎くん、肩に虫がついてる」
「マジ!?」
「あれ？　ごめん、糸くずだった」
「小学生みたいなからかい方だな、真鍋」
「ホントにまちがえたんだって！」
　こんなささいなやりとりも。
　席が前後ろってだけで、芝崎くんは中3のころのようにクラスでいちばん話せる男子になった。もともと仲が良くてこんな言い合いをしょっちゅうしていたから、すぐにそのころの感覚が戻り、素で話せる。
　そして、芝崎くんとよく一緒にいる宗田くんとも距離が近づいた。
「真鍋さん、授業中、芝崎のいびき聞こえない？」
「おい、俺はいびきかかねーよ」
「そこは、授業中に居眠りなんかしねーよ、って言えるようになろうよ、芝崎くん」
　私がすかさずツッコむと、宗田くんは声を出して笑う。
「真鍋さんて、おもしろいんだね。ちょっと印

象変わったかも」

　こんな感じで、芝崎くんを介して声をかけられることが増えた。

　あまり笑顔にならない芝崎くんとは逆で、宗田くんはよく笑う。そして、気が利いて、さりげなく優しい。

「真鍋さん、シャツの襟が曲がってるよ。おしゃれでやってたらごめんだけど」

　そんな台詞を、さらりとさわやかに言うのだ。

「ふふ、宗田くんて、人を笑顔にするのが得意だよね」

「え？　そうかな？」

「うん。ユーモアと優しさのバランスがいいっていうか、まわりをほんわかした気持ちにさせてくれる」

　思ったままを言ったのだけれど、宗田くんは笑ったまま表情を固めた。耳の端が赤いのは、気のせいだろうか。

「俺には優しくないぞ？　宗田は」

　そこですかさず口をはさむ芝崎くん。「おい」と宗田くんが軽く肘打ちをし、私は笑ってしまった。

　高２になって初めて同じクラスになる人が多

く、少し気後れしていたけれど、この席になってよかったかもしれない。

「千奈美ちゃん、なんか最近、芝崎くんとか宗田くんとよく話してるよね?」
　昼休み時間、机を4つ合わせてお弁当を食べていると、優花ちゃんが聞いてきた。美沙ちゃんと春菜ちゃんも、うんうんとうなずいている。
「あー……ハハ、芝崎くんとは席が前後ろだし、中学が一緒で中3の時に同じクラスだったから。それに、宗田くんは芝崎くんと仲がいいから、よく席に遊びに来て、それで……」
　悪いことを白状させられてる気分になるのはなぜだろう。私は嘘ではない説明をしながら、3人の顔色をうかがう。
「いいなー、あのふたりと自然に仲良くなれて」
　すると、春菜ちゃんがフォークを刺したタコさんウィンナーを揺らしながら、口を尖らせた。
「ふたりと?　宗田くんだけじゃなくて?」
「うん、だって、あのふたりはこのクラスのツートップじゃん?　芝崎くんも、宗田くんほど

じゃないけど人気あるよ。身長が高いのが大きいよね」
「わかる。それだけで大人っぽく見えるよね」
　私の問いに、春菜ちゃんと美沙ちゃんが盛り上がる。
　知らなかった。宗田くんはわかるけど、芝崎くんも人気があるなんて。ゆっくりとうなずきながら、炊きこみごはんのおにぎりを口に運ぶ。山菜が入っていて、ちょっと苦みを感じた。
　そこから、宗田くんと芝崎くんの話で盛り上がりはじめる。宗田くんが他校生から告白されただの、芝崎くんがたまに眼鏡をしているのがかっこいいだの、本人たちが学食に行っていて教室にいないのをいいことに言いたい放題だ。
「ねぇねぇ、みんなどっち派？　宗田派？　芝崎派？」
　ニッと微笑んだ優花ちゃんが、わざと身をかがめるようにして尋ねた。みんなこういう話題が好きなので、美沙ちゃん春菜ちゃんもうれしそうに顔を寄せる。
「私は、やっぱり宗田派かな。ビジュアルが強いっていうのもだけど、つき合ったら彼女優先してくれそうだし」

「それ、わかる。芝崎くんは釣った魚にエサをやらなさそう。うん、私も宗田派」
　ふたりが言うと、優花ちゃんも、
「私も宗田派だな。やっぱり男はジェントルマンじゃなきゃね」
　と人差し指を立てる。
「優花は彼氏がいるから、彼氏一択でしょ」
「それとこれとは別だよー。アイドルの推しと一緒」
　３人が盛り上がっている横で、私は、なんで芝崎くんが優しくないって決めつけられてるんだろうと、モヤモヤした気持ちになった。
　宗田くんほどわかりやすくはないけれど、芝崎くんだって思いやりがある。ちょっとしたことに気づいてくれて、助け舟を出してくれることもあるんだ。
「で？　千奈美ちゃんはどっち派？」
　順番がまわってくるのはわかっていたはずなのに、私はドキリとして肩を上げた。
　どっち派？　どっち派でもないけれど、ここはどちらかを言わないと盛り下がる雰囲気だ。
　唐揚げを口に運ぼうとしていた手を止めて、お弁当箱に戻す。

「えーと……私も宗田派かな」
　無難に意見を合わせると、3人は、
「やっぱりそうだよねー!」
と大きくうなずいて笑顔になった。それを見てホッとしている自分と、あいかわらずモヤモヤしている自分がいる。
「宗田くん、好きな人とかいるのかな?　告白された噂はよく聞くけど、彼女はいないよね」
「フリーのはず。でもやっぱりさ、つき合うならぜったい男の人から告白されたいよね。妄想膨らむなぁ」
「春菜は、妄想で満足できるんじゃない?」
「嫌だよ、現実の彼氏欲しいー」
「それなら、もっと自分に磨きをかけなきゃね。そうそう、今度出るうるるんリップの限定色さ、かわいくない?　みんな買うでしょ?」
　3人の話がころころ変わっていくのを愛想笑いをしながら聞いていると、肩をポンポンとされる。振り返ると、藤間さんが立っていた。
「わっ、どうしたの?」
　無表情で背後に立たれると、ちょっと怖い。
「先生から伝言で、今日のバド部は休みだって。バレー部の練習試合が入ってたこと、連絡し忘

れてたらしいわ」
「そうなんだ。わかった、ありがとう」
　藤間さんが去ると、いつの間にか静かになっていた3人が、ひそひそと話し出す。
「びっくりしたー……。うるさいわよ、とか言いに来たのかと思った」
　優花ちゃんが言うと、美沙ちゃんもすかさず「私も！」と言った。私は、声が大きい自覚があったんだな、と心のなかでつぶやく。
「ていうか、あの目は実際そう思ってたでしょ。千奈美ちゃん、もし部活の時何か文句言われたら教えてね」
　私は「ハハ」と口だけで笑った。連絡を伝えに来てくれただけなのに、なんでそんな話になるんだろう。
「そうそう、藤間さんてさ、声優オタクらしいよ。この前、イベントのチケットを持ってるところ、だれかが見たんだって」
「あー……ぽいぽい。そういう系に見えるよね。そりゃ、私たちとは合わないわ」
　なおも続く、藤間さんの噂話。私は何も知らないけれど、とりあえず相槌だけは打ちながらその場をしのいだ。

予定通りの恋愛イベント

5月19日（日）

　5月も下旬にさしかかった日曜日、お母さんと車で買い物に出かけた。ショッピングモールでうるるんリップを購入した私は、パッケージに目を落とす。
　"勝負の日は自分色で挑もう！　つける人で色味が変わる、あなた本来の血色を引き立てる透明感！"
　みんなが買うと言っていたから一応私も買ったけれど、化粧にはあまり興味はないし、限定3色のなかでもいちばん色の薄そうなこれにした。
　ジャージにTシャツ姿の集団を見かけたのは、その帰り道だった。背中にはみんな大きなリュックを背負っている。
　ちょうど赤信号でこちらが停まると、横断歩道をその集団がぞろぞろと移動しはじめた。そして、そのなかに見覚えのある顔を見つける。
「あ、うちの学校のバスケ部だ」
　芝崎くんを見つけてそう言うと、お母さんが「あら、そう」と答えた。うちの車が先頭で停車しているため、目の前をバスケ部員たちが通り

すぎていく。いちばん後ろには、マネージャーだろうか、女子もふたりいた。

　助手席に座っている私は、気づいてほしいような気づかれたくないような複雑な気持ちだ。

　すると、ふいにこちらを向いた芝崎くんと目が合った。芝崎くんは瞬きをし、本当に私だと確信したのか、歩みを遅めながら手を上げる。そしてヒラヒラとその手を横に振った。

　まさか気づいて手まで振ってくれるとは思わず、あわてて小さく手を振り返す。ボンネットに太陽光が反射して、芝崎くんがまぶしい。

「し・あ・い？」

　照れくさくなって、口パクでそう聞くと、

「れ・ん・しゅ・う・じ・あ・い」

　と口を大きく開け閉めして口パクを返してくれた。なんだかうれしくなって「ふふ」と口に出して笑ってしまう。

　芝崎くんの横に宗田くんがいることに気づいた。奥からこちらをのぞいた宗田くんも気づいたようで、笑顔で手を上げてくれる。

　信号が点滅したらしく、ふたりはこちらに手を振ると、走って横断歩道を渡っていった。

「仲がいいのね」

こちらが青信号になって車が発進すると、お母さんが横顔で声をかけてきた。
　私(わたし)は、うれしいようなはずかしいようなモゾモゾした気持ちで、
「……まぁ」
　と返した。
　ラジオからは初恋(はつこい)を描(えが)いた大ヒット中のラブソングが流れていて『あの日から、ずっとキミの横顔を見ていたんだ』と聞こえてきた。

　その日の夜は、少し蒸(む)し暑(あつ)かった。お風呂(ふろ)から上がった私(わたし)は、窓(まど)を網戸(あみど)にして、外の風を入れる。そして、明日の学校の準備(じゅんび)をはじめた。
　カサ……と、紙がめくれる音がした。見ると、風のせいで壁(かべ)かけカレンダーがかすかに揺(ゆ)れている。
「……あれ?」
　ちょっとななめになってしまったカレンダーを整えながら、思い出した。そういえば、何か書かれていたんだったと。
　　　５月19日　「手を振(ふ)る日」
「…………」
　今日の日付のところを見て、私(わたし)は固まる。

手を振る日……？　手を……。

昼間、車の助手席で見た光景がすぐによみがえった。芝崎くんが私に気づき、手を振ってくれた場面だ。あれは、たしかに手を振っていた。そうとしか言いようがない。

言葉を失い、自分の手のひらとカレンダーを何度も視線で往復する。

「ちょっ……え？　ちょっと待って」

もしかして、とピンときた私は、カレンダーの日付を人差し指でさかのぼり、すでにすぎている日の文字を確かめた。

　　５月７日　「接近する日」

そう、これが最初に書いてあったものだ。

接近……近づいたってことだよね？　あの日は体育館でバスケ部と一緒になり、久しぶりに芝崎くんに声をかけられた日だ。ボールを渡して、たしかに近づいた。

　　５月15日　「忘れ物を借りる日」

これは、この前の水曜日だ。忘れ物？　何かあったっけ？　えーと……水曜日……４日前……。

「あっ！　私が消しゴムを忘れた日！」

思わず叫んでしまった。それほどの衝撃が、雷のように私を襲った。

『はい。俺、2個持ってるから貸してやるよ』
　芝崎くんの声が鮮明に耳に残っている。水曜日の数学の小テスト前に、芝崎くんがたしかに消しゴムを貸してくれたんだ！
「この日と……この日と……」
　そして今日【5月19日　「手を振る日」】……。合わせて3つとも、ぜんぶ芝崎くん絡みじゃないか。
　……どういうこと？
　私は壁ドンする姿勢でカレンダーを両手ではさみ、食い入るように上から下まで見る。
　　　　5月24日　「手をつなぐ日」
「手を……つなぐ？」
　5日後の文字が目に入って口に出し、顔が急速に熱くなった。
　手をつなぐ？　手をつなぐって……手と手が触れ合って……つながれるってこと？　まさか、芝崎くんと？
　頭のなかで、その相手が勝手に芝崎くんになる。この流れだと、そう考えてしまうのはしかたがない。
　いや、でも、なんで？　そもそも、どうしてこのカレンダーの予定通りになってるわけ？

「……"予定"……」

そのワードに、ぼんやりと過去の記憶の糸がたぐられる。"予定が知りたい"……これは、私が言った台詞だったような。

──『恋愛予定が知りたい！』
──『今まで好きな人とか彼氏とかできたことないから、自分に今後そういうできごとが起こるのかを知りたい』

「あっ！」

思い出し、大きな声をまた上げてしまう。あわてて両手で口を押さえ、見開いた目を何度もパチパチし、その場で足踏みした。

そうだ！　このカレンダーに文字が表れたのは、あの猫の夢を見てからだ！　仔猫を助けたお礼に望みを聞かれ『わかりました』とたしかに言われた、あの日。

「ヤッバー……」

嘘でしょ？　いや、嘘じゃない。だって、本当にカレンダーに書かれてる。

だれかに言いたい。でも、たしか、他の人には言ったらダメだと釘を刺された。もしかしたら、この魔法みたいなものが解けてしまうかもしれないから、黙っていたほうがいいのかもし

れない。
　それより何より、恋愛予定？　れ、恋愛？
「……てことは」
　再度「接近する日」「忘れ物を借りる日」「手を振る日」を見る。そして、その相手だった人のことを頭に浮かべる。
「し……芝崎くんと私の恋愛予定ってこと？」
　ごくんと生唾を飲み、上擦った声がもれる。
「ま、まっさかぁ……」
　半信半疑でわざと茶化すようにつぶやいたけれど、相手が芝崎くんだというのは信じがたいというほどでもなかった。
　だって、中３の時に、みんながあんな計画を立てたくらいだ。噂だったとしても、火のないところに煙は立たないわけだし、本当に私に好意を持ってくれていたという可能性は高い。
　もしかして、今もまだ、私のことを？　いやいや、でも、私は芝崎くんのことをそういう目で見ていないし……。
　ぐるぐる考え出すと、もっと顔が熱くなってくる。鏡に映った私の頬は、真っ赤だ。
　カレンダーの「手をつなぐ日」は、しばらく直視することができなかった。

人気者のふたり

5月20日（月）

　結局、あのあとは動揺がおさまらず、翌朝も芝崎くんに挨拶するだけで緊張し、笑顔が強張ってしまった。意識してしまい、いつも通りが難しい。

　そんななか、校外学習のグループ決めがあった。
　うちの学校では、毎年5月の終わりごろに校外学習がある。自然を通じて学びを得る以上に、新しいクラスの仲間との親睦を深めるということがテーマだ。
「男ふたり女ふたりの4人でひとグループとします。まずは、同性でペアをつくるように」
　担任の言葉に、離席を許されたみんながざわざわと動き出す。私は、優花ちゃん美沙ちゃん春菜ちゃんの4人グループだから、ふたりずつで分けられるはずだ。ひとりぼっちにならなくてよかった、とホッとする。
　けれど、今日は美沙ちゃんが歯科矯正の通院のため、早退していた。だから、席が近い優花ちゃんと春菜ちゃんがすでにペアになって笑い合っている。声をかけて、美沙ちゃんと私がペアになるね、と伝えよう。

そう思って足を踏み出した時だった。
「真鍋さん、一緒にペア組んでもいい？」
　肩にポンと手を置かれ、その声と手の感触に確信を持って振り返る。予想通り藤間さんで、
「私、このクラスで話せるの真鍋さんくらいなの。お願い」
　と淡々と言ってきた。
「え……」
　どうしよう……。美沙ちゃんのことも頭をよぎり、その説明をしようとするも、先生が思い出したかのように声を上げた。
「早退した安平は、折川と水戸部のところに入れようか。仲もいいし、女子は奇数だから」
　安平というのは美沙ちゃんで、折川は優花ちゃん、水戸部は春菜ちゃんのことだ。全体を見渡して全員ペアができたと思ったからだろう。先生はそう言って、パンと手を叩いた。
「はい、じゃあ次は男子ペアとグループつくって。できた人たちから着席しなさい」
　え？　嘘。女子ペア、決定？
　私は藤間さんの顔を見た。すると、藤間さんはすでにキョロキョロと男子ペアを探している。
「真鍋さん、まだ決まってないよね？　僕らと

グループ一緒でいい？」
　すると、今度は反対側から声をかけられる。見ると、芝崎くんの席に来ていた宗田くんだった。ふたりで男子ペアを組んだらしい。
「あ……うん、もちろん」
　断る理由もなく、そう言うと、宗田くんは「よかった」と満面の笑みを向ける。
「あ、ペア、藤間さん？　藤間さんもよろしく」
「よろしく」
　あれよあれよと言う間に宗田くんと藤間さんがあいさつを交わすなか、芝崎くんも私に「よろしく」と言ってきた。「よ、よろしく」と返して目を合わせようとするけれど、やはり昨日のカレンダーのことが頭から離れず、うまく目を見ることができない。
　結局、自分から何も動かないまま、校外学習のグループが決まってしまった。優花ちゃんたちのほうを見ると、あちらもグループが決まったようで、こちらを見ていた。
　表情から、宗田くんと一緒でいいな、というのが伝わってくる。それに、藤間さんと一緒なんだというおどろきも。
　藤間さんにとっては、クラスのなかで私がゆ

いいつ同じバドミントン部だからだし、宗田くん芝崎くんにとっても、近くにいたからというだけで大した理由もないはずだ。

でも、また、いろいろと言われそう……。

「大丈夫？　千奈美ちゃん。藤間さんと一緒なんて、災難だね」

案の定、ホームルームが終わると、優花ちゃんと春菜ちゃんが駆け寄ってきた。ふたりの声はけっこう大きいから、藤間さんが教室を出たあとでよかったと思う。

「大丈夫だよ。ちょっとおどろいたけど」

「ていうか、千奈美ちゃんと一緒のグループじゃなくて残念。私と春菜は近くにいたから、先にペアになっちゃってごめんね」

優花ちゃんに、ううん、と首を横に振り、

「千奈美ちゃんは美沙とペアになれると思ってたのに」

春菜ちゃんに、うん、と首を縦に振る。すると、優花ちゃんが「それよりさ！」と声のトーンを変えた。

「宗田くん芝崎くんと一緒なんだね、グループ。いいなー、楽しそう」

こちらも予想通りの反応だ。同情の顔から一変、優花ちゃんと春菜ちゃんはピョンピョンしながら、うらやましがる。
「ねぇねぇ、いろいろ話す時間がありそうだしさ、できたらふたりにリサーチしてきてよ」
「リサーチ？」
　優花ちゃんの提案に首をかしげると、彼女はワクワクした顔をぐいと寄せてきた。
「そう、好きな人はいるのか、とか、好きなタイプはどんな人か、とか。ふたりのファンはたくさんいるから、みんな喜ぶし、何よりその話題で１週間くらい盛り上がれそう」
　まるで本当にアイドルグループみたいな扱いだ。でも……。
　カレンダーのことをまた思い出す。私も、芝崎くんの好きな人がちょっとだけ気になるのは事実だった。
「わかった。聞けそうだったら聞いてみる」

　放課後。バドミントンの基礎打ちを終えた私は、壁際で水筒の麦茶を飲みながら休憩していた。
　藤間さんも基礎打ちが終わったようだけれど、自主的にひとりで壁打ちをしている。校外学習

の話をしてみようかな、と思っていたけれど、その熱心さを見てあきらめた。

真ん中で仕切られた網の向こうから笛の音が定期的に聞こえ、私はそちらに目を移した。ボールの弾む音や振動が響いてくる。バスケ部が、三角コーンをいくつか立て、ぶつからないようにすばやくＳ字でドリブル練習をしていた。

リング下までドリブルすると、最後にレイアップシュートをするようで、ちょうど宗田くんがシュートを決めるところが目に入る。すると、私から２メートルほど離れた壁際で同じようにバスケ部を見ていたバド部の後輩女子たちが、控えめな黄色い声を上げた。

「宗田先輩、やっぱかっこいいねー」

「イケメン見られるから、学校体育館になってよかったよねー」

小さな拍手をしながら楽しそうに話しているふたりを見て、私は宗田くんと同じクラスだし最近はけっこう仲良く会話するんだよ、と鼻が高くなった。でも、そんな部活の先輩はウザいから、自慢しない。

「あ！　あの先輩もかっこいいよね」

「わかるー！　たしか芝崎先輩っていうんだよ。

バスケ上手だよね」
「そうそう、芝崎先輩。身長高くて手足が長いし、シュートのフォームがすっごくきれい」
　芝崎くんの名前が出てきて、口に含んでいた麦茶をごくりと飲んだ。再びバスケ部に目を戻すと、今度は芝崎くんがシュートを決めるところだった。しなやかな動きで、こともなげにリングにボールを入れている。
「ほらー、きれい」
「ホント、軽やかだね」
　たしかに、と思いながら、芝崎くんを眺める。
　教室では静かなほうで、背は高いけれどそこまで目立っていない芝崎くん。それが、大きく動いたりジャンプしたりする姿を見ると、教室にいる時とはまたちがった印象になる。迫力があって、男の子だな、って思わされるのだ。
　私のほうが席が前だということもあるだろう。こんなに、離れた場所からじっくり見るなんてことはないから、あんなにキレのある動きをする人が後ろの席にいて、しかもちょくちょく話しているんだと思うと、不思議な気分だ。
「見て見て、芝崎先輩、優しい」
　後輩の声に、ぼんやり考えていた私は顔を上

げた。

　コーンを使う練習が終わったのか、それを片づけようとバスケ部マネージャーのひとりが重ねて抱えていると、その３分の２を芝崎くんがひょいと取ったところだった。一緒に片づけようとしている。

　芝崎くんはぜんぶ持っていこうとしているけれど、マネージャーが遠慮して渡さず、ふたり並んで歩き出す。後輩たちは「いい雰囲気」だの「青春してる」だのと盛り上がっている。
「あ、こっち来るよ」
　後輩たちが、急に前髪を手櫛で整え出した。体育館の用具倉庫は、ちょうど仕切り網をくぐったこちら側、私が座っているすぐ横だ。向かってきた芝崎くんとマネージャーに、私の背筋も伸びる。
「また休憩？」
　私と目が合い、そう言って倉庫のなかに入った芝崎くんは、片づけてすぐに出てきた。マネージャーは、先にバスケ部のほうへと戻っていく。
　座ったままだからか、目の前に立ちはだかる芝崎くんがとてつもなく大きく思える。あごを

ぐんと上げて見上げると、その影にすっぽりと覆われていた。
「今日の休憩は、まだ１回目だよ」
「汗かいてないのに？」
「かいてるよ」
　少し湿った前髪をすいて見せると、芝崎くんは座っている私の目線までしゃがみ、顔をかたむけて私の後頭部をのぞきこむように見た。
「しっぽ、濡れてないじゃん」
　顔を戻し、私の正面で口角をわずかに上げた芝崎くん。間近で見たその顔は、前髪も睫毛もキラキラし、頬もほんのり上気している。
　……うわ、近い。
　教室で見る時とちがい、やたらと大人っぽく見えるその顔。急なことでどぎまぎした私は、不自然に目を逸らしてしまった。
「えっと……そういえば、校外学習楽しみだね」
　平静をよそおうように、まったくちがう話題を出した。芝崎くんは立ち上がりながら「あぁ」と思い出したように口を開く。
「登山だから疲れそうだけどな。24日って金曜だったっけ？」
「うん、24日は……金曜だよ」

ん？　……あれ？
「休み前だから、よかった。週半ばだとダルすぎるもんな」
「ハハ、たしかに」
　芝崎くんが「それじゃ」と軽く手を上げ、バスケ部のほうへ戻っていく。私も手を上げ返したけれど、ちょっと引っかかったことがあって、その手をあごに置いた。
　24日……何かあったような。
「先輩！　芝崎先輩と仲がいいんですね！」
　考えていると、２メートルほど離れていたふたりの後輩が、すぐ真横に来ていた。ずいっと身を乗り出すように、顔を近づけてくる。
「いいなー！　芝崎先輩のこと、いろいろ聞きたいですー」
「さっき何話してたんですか？　しっぽって聞こえてきたんですけど、なんのことですか？」
　ふたりの勢いに、たじたじになる。「えーと……」と引きつり笑いをして、少し後ろへのけ反った。
　なぜだろうか、同じクラスだし席も前後ろなんだよ、とか、しっぽっていうのは私の髪の毛のことでね、とか、普通に説明すればいいのに、

なんだか言いたくない自分がいる。
　宗田くんとはちがい、なぜか芝崎くんに対しては、自慢したいという気持ちにはならないのだ。それよりも、キャーキャー騒がれるのが嫌なような、私たちふたりの会話は秘密にしておきたいような、そんな気持ちになってしまう。
「ハハ、なんだろうね」
　ごまかしていると、バドミントン部の練習が再開され、後輩たちとの話も流れた。
　そんなことより、えーと⋯⋯24日、24日⋯⋯。
「あっ！」
　ふいに思い出して声を上げてしまった私は、コートへと移動するみんなに注目され、あわてて謝る。
「す、すみません、なんでもないです」
　なんでもなくない。なぜならその日は「手をつなぐ日」だと思い出したからだ。
　⋯⋯まさか、校外学習と同じ日だなんて。しかも、芝崎くんとはグループが同じだ。何か起こっても全然おかしくない。
　バスケ部のほうを盗み見た私は、すぐに芝崎くんの背中を見つけてしまい、ボールをつかむその大きな手を凝視してしまったのだった。

校外学習日

5月24日（金）

　校外学習の日は、晴天だった。マイクロバスで1時間ほどの場所にある山のふもとに着き、そこからグループで固まって登山開始だ。
　名目上、登山を通してわかったことや調べたことを、後日グループごとにまとめて発表することになっていて、各グループにひとつずつ使い捨てカメラも支給されている。
　けれど、みんなワイワイ歩きながら遠足気分だ。お弁当の入ったリュックを背負い、笑い合いながら山を登っていく。私は「手をつなぐ日」ということで頭がいっぱいだ。
「真鍋さん、もしかしてバスに酔ったの？」
　横を歩いている藤間さんが声をかけてきた。芝崎くんと宗田くんは、ふたり並んで前を歩いている。登山客の多いこの山の道は、そこまで急勾配ではなく、歩きやすい。
「ううん大丈夫だよ。心配してくれてありがとう」
　藤間さんがそう言ったのは、きっとバスのなかで私の口数が少なかったからだろう。バスもグループで固まって乗る決まりだったため、藤

間さんと隣同士だったのだ。

　最初はちょっとバドミントン部の話をしたけれど、それもあまり続かず、後半はおたがいにほぼ無言だった。だって、他に何を話したらいいのかもわからないし、しかも、通路をはさんで真横に優花ちゃんたちが座っていた。

「悪かったわ。真鍋さん、本当は嫌だったでしょ？　私と組むの」

　またもや無言になっていると、藤間さんが口を開いた。私の態度がそう思わせてしまったんだと思い、あわてて否定する。

「ううん、そんなことないよ」

「いいわよ、無理しなくて。わかってるから、自分がまわりからどう思われてるか」

　無表情で話す藤間さんに、笑顔をつくってぶんぶんと首を横に振る。けれど、もしかして優花ちゃんたちとの会話を聞かれていたんじゃないかと、内心ひやひやしていた。

「でも、真鍋さんは優しいから断れないでしょ？　だから、声をかけたの」

　まるで、そこにつけこんだの、みたいに聞こえて、私はひゅっと息をのんだ。すると、藤間さんは私の顔を見て「アハハ」と笑う。

笑った顔、初めて見た。意外とかわいい。
「えーと……それってほめてる？　けなしてる？」
「8割ほめてる」
「じゃあ、2割けなしてるってことじゃん」
　そう言うと、また藤間さんが笑った。独特な人だ。
　グループごとで登っていて、他のグループとはわりと距離が開いている。私は、藤間さんのことをもっと聞いてみたくなった。
「あのさ、声優が好きってホント？」
「え！　なんで知ってるの？」
　私の質問に、今までとはちがう光が目に宿った藤間さん。人伝いに聞いたと言うのが後ろめたくて、
「なんかそれっぽいイベントチケットを持ってるの、目撃して」
　と、自分が見たかのように話す。
　すると、藤間さんの表情がみるみるとかがやき出した。歩きながら、顔をこちらへしっかりと向ける。
「あぁ！　たぶん先月末にあった、タカトのライブチケットだ。もうね、最っ高だったの！　知

ってる？　タカト。有名どころだと、"ダンク！"の大和田(おおわだ)の声を担当している人」
「えーと……なんとなくは」
「どう思う？」
「どうって……低くて大人っぽい声？」
　無難(ぶなん)なことを言うと、藤間(ふじま)さんは私(わたし)の手を両手でぎゅっと握(にぎ)ってきた。歩きながらだから、つまずきそうになる。
「そうなの！　色気があるのよ、タカトは。それなのに、まだ24歳(さい)。20代の声優(せいゆう)が少ないなか、ひと一倍努力して、オーディションも受けまくって、起用も増(ふ)えてきてるの。見てこの顔。この顔からあの声よ？　ギャップ、ハンパなくない？」
「う……うん……」
　ついに立ち止まった藤間(ふじま)さん。生徒手帳に忍(しの)ばせたブロマイド写真のタカトを見せられ、その熱に圧された私(わたし)は、思わずうなずいてしまう。こんな一面を持っているなんて、人って見た目じゃわからない。
「そこまでハマれるものをもってるって、いいね。楽しそうだし、うらやましい」
「そう？　引かないの？」

「ううん、すてきなことだと思う」
　そう言うと、藤間さんはまんざらでもない顔をして、コホンと咳払いをした。
　前を行く宗田くん芝崎くんと距離が開き出したことに気づき、私たちは少し早歩きでまた登山を再開する。
「で、真鍋さんは？　何か趣味とかないの？」
　ひと通りタカト愛を語ってすっきりしたのか、藤間さんは、今度は私に尋ねてきた。
「え？　私？」
「好きなものとか、おすすめとか、なんでもいいけど何かある？」
　自分のことを聞かれて、はたと気づく。そういえば、優花ちゃんたちからは、私の趣味なんて聞かれたことなどなかったと。
　だって、彼女たちは自分たちの話やトレンドの話で大忙しだ。それに、もし聞かれたところで、盛り上がらないことを私は知っている。
　だって……。
「私は、植物が好きで……最近だと多肉植物にハマってるといえばハマってるかな」
　そう、こんな話、園芸好きな主婦くらいしか興味がないはずだ。でも、なんでだろうか、藤

間さんには正直に答えてしまった。気はずかしくて、リュックの紐で手遊びしてしまう。
「多肉植物？　それって、サボテンとか？」
「うん、サボテンもだけど、他にもいっぱい種類があるの。もともとはお母さんの趣味だったんだけど、かわいくて私もハマっちゃって、小さい鉢にいくつも……。て、ごめん。おもしろくないし聞きたくないよね、こんな話」
　こんな話をしたのは、初めてだ。我に返って話を切ると、藤間さんは眉を寄せる。
「なんで？　真鍋さんもさっき私の話聞いてくれたじゃない。それに、知らないことを聞けておもしろいわ。勝手に決めつけないでくれる？」
　藤間さんがムッとした声を出したことに気づいたからか、前を歩いていたふたりが振り返った。さっき立ち止まって少し離れた距離は、いつの間にか縮まっていたみたいだ。
「もしかしてケンカしてる？」
　宗田くんが微笑みながら聞いてきて、私は両手を力いっぱい横に振る。
「ちがうちがう！　私が悪かっただけで」
「そうよ。真鍋さんが悪いの」
　藤間さんの言葉に、芝崎くんが前へ向き直り、

口を押さえながら肩を揺らしている。きっと、こっそり笑っているのだろう。
「ええと……ふたりって、仲いいの？　悪いの？」
「そういう質問って、それぞれの主観でちがうから控えたほうがいいわ」
　藤間さんの淡々とした語り口に、質問した宗田くんは、一瞬ハトが豆鉄砲をくらったような顔をした。
「そっか、ごめんね。気をつけるよ」
　そして、素直に謝った宗田くんに、芝崎くんがこらえきれなかったのか吹き出す。私は、藤間さんてだれに対してもこうなんだな、と感心してしまった。
　そんな感じで4人で話しながら登っていたら、あっという間に頂上まで着いた。晴天が続いていたため、見晴らしは最高だった。バスで通ってきた道や店を見つけたり、遠くに見える謎の建物は何だと話したり、みんな盛り上がっている。
「おーい、写真を撮るから集まれー」
　すべてのグループが頂上に着くと、全体写真とそれぞれのグループごとの写真撮影があり、私

たち4人もみんなでバンザイして撮った。
　そのあとは、お弁当タイム。これも、各グループだ。大きくて平べったい石があったので、芝崎くんと宗田くんはそこに座り、私と藤間さんは持ってきたシートに腰を下ろし、4人で円になって食べた。
「何について発表する？」
　芝崎くんが大きな口でおにぎりを頬張りながら尋ねると、宗田くんが使い捨てカメラを取り出した。
「まだ何も撮ってないんだよね。ここからの眺めを撮って、地理とか歴史を適当にまとめる？」
　景色を見渡しながら宗田くんが言うと、芝崎くんがうなずく。
「なるほどな。あと、めずらしい石とか落ちてたから、それを下りでいくつか写真撮って、鉱物調べってしてもいいかも」
「そういうのでいいなら、虫とか鳥とかもありなんじゃないかしら。あぁ、でも見つけるのが難しいわね」
　藤間さんも提案し、あごをつまんだ。みんなポンポンと意見を出していく。すごいな。
　私はベーコンアスパラをモグモグしながら、す

べてのアイデアにいいねとうなずいた。
「なんか、うちだけ自由研究みたいだね。みんな、登山の達成感とか仲間の協力とか、あとゴミ問題とか、そういうのをまとめそうだけど」
　宗田くんが笑うと、水筒のお茶を飲んだ芝崎くんが口を開いた。
「登山を通してわかったことなら、なんでもいいんだろ？　とにかく、ひとつ決めるぞ。真鍋は？　何か案がある？　どれがいいと思う？」
「……あ」
　急に３人から注目されて、私はかんでいたベーコンアスパラをごくんと飲みこんだ。これは、優花ちゃん美沙ちゃん春菜ちゃんから意見を求められている場面に似ている。そんなことを思うと、へらっと笑ってしまった。
「ぜんぶの案がすごくいいと思う。私、みんなが決めたのに乗っかるよ」
　すると、すかさず藤間さんが、
「人任せなのね、真鍋さんて」
とあきれたような言い方をした。
「え……」
　まるで、隙だらけの部分に弓矢が刺さったような衝撃だった。「え」の形に口を開けたままの

私は、二の句が継げなくなる。ここだけ空気が固まったようで、私は急いで首を横に振った。
「ち、ちがうよ、本当にどれもよくて」
「どれもいいってことは、どれでもいいっていう無責任さからくる言葉だわ。案が出なかったとしても、これがいいっていう自分の意見すらないの？ 真鍋さんは」

そんなつもりじゃなかった。なのに、なんで藤間さんは、そんな言い方をするのだろう。気持ちが表情に出てしまったのか、私の顔を見た宗田くんが、
「はい！ じゃあ多数決しよう！」

と、パンッと小気味いい音を立てて両手を打った。笑顔の宗田くんが仕切ってくれて、冷えかけた空気をあたたかく戻してくれる。

芝崎くんは、私たち３人をじっと見ていた。目が合い、自分がはずかしくなった私は、自分のお弁当箱に目を落とす。

多数決の結果は、芝崎くんの言った鉱物調べに決まった。

下山する時には、自然と前が宗田くんと藤間さん、後ろが私と芝崎くんになった。さっきの

ことでちょっと険悪になってしまった私と藤間さんに気をつかってくれたのかもしれない。いや、それ以外になかった。

　登り道では感じなかった足の疲れが、一歩一歩下りるたびに増していく。きっと、明日は筋肉痛だろう。

「…………」

　それにしても、気まずい。今日は「手をつなぐ日」のはずだけれど、それどころじゃない。

　時折、めずらしい石を見つけては、パシャリと使い捨てカメラで撮影する芝崎くん。私は、空気を悪くしてしまったことを反省して、芝崎くんに、

「なんか……ごめん」

と言った。

　すると、芝崎くんはほんの少し間を置いて、ぽつりと口を開く。

「あの時みたいな台詞だな。中3の夏祭り」

「えっ!?」

　急に言われたから、変な声が出た。まさか、芝崎くんの口からあの日のことが出るとは思っていなかったからだ。

「お、覚えてるんだね」

校外学習日

「忘れるわけないだろ。あんなに仲が良かったのに、あの日以来しゃべらなくなったんだから」
「あー……うん。そ、そうだね」
　石がゴロゴロしているところにさしかかり、芝崎くんが「お」と言ってしゃがみ、写真を撮る。ちょっと止まっただけで前を歩くふたりと少し距離ができ、しんとした。
　しゃがんで写真を撮る芝崎くんの頭頂部を見下ろす。このアングルで芝崎くんを見るのは初めてだ。
　木々に囲まれた非日常、こんなところでふたりきり、ずっとわだかまりのあったあの夏の日を一緒に思い出している。なんだか不思議な感覚だ。
「でも、よかったよ、また話せるようになって」
「……うん」
「真鍋は変わってしまったなと思ってたけど、話してみたらやっぱり真鍋だったし」
「何それ。どんな私？」
　私たちの会話の合間に、シャッター音が響く。
「たまに、にくらしいこと言ってきたり」
「それは、芝崎くん相手だからだよ」
　そう訴えると、芝崎くんはハッと笑って、顔

だけこちらへ向けた。
「あと、まわりを和ませてくれたり」
　そうかな？　そんなの意識したことないけど。
　リアクションに困っていると、立ち上がり、また見上げる高さに戻る芝崎くん。ふんわりと風が吹いた。
「そのままの真鍋でいいと思う。みんなに対しても」
「…………」
　あれ？　もしかして藤間さんとのことで落ちこんでいる私を、なぐさめてくれたのだろうか。また歩き出した彼の横に並びながら、そう思う。
「……うん」
　細かくは話していないけれど、ほんの少し心が軽くなったような気がして、下唇を優しくかんだ。
　本当によかったな、芝崎くんとまた話すことができるようになって……。
　あ！
　そこで、ようやく思い出した。優花ちゃんたちからの頼まれごとを。
「そうだ、あのさ、宗田くんの好きなタイプとか知ってる？」

校外学習日

「は？」
　まったく関係のない話に、芝崎くんは眉を曲げた。鳥の間延びした鳴き声も響く。
「えっと……人に頼まれて。もし、知ってたら教えてほしいなって」
「あー……」
　芝崎くんは後頭部をかきながら、まだ眉間にしわを寄せている。宗田くんと藤間さんはけっこう前を歩いているので、聞こえていないようだ。
「宗田とはそういう話しないから、わからない。好きな人がいるかどうかも知らない」
「そっか……」
　またもや沈黙が流れる。なんとなく気まずい雰囲気になった気がして、私はなんとか話をつなげようとがんばる。
「ハハ、ごめんね。私のまわりの女子たち、けっこうミーハーな人が多くて」
「あぁ、たしかにそんな感じだな」
　男子から見ても、わかるんだな。芝崎くんがそう言ってくれたのをいいことに、調子に乗って続けて聞いてみる。
「し、芝崎くんは？」

「俺？」

「うん。芝崎くんにも好きな人いるのかな、って気にしてる人いるからさ。もしいたら、ヒントだけでももらえたらいいなー……なんて」

　早口になってしまった。まわりに芝崎派はいないけれど、ふたりにリサーチをしろって言われたからしかたない。うん、私が気になっているとかではなく、しかたなく聞いているんだ。

　また、さっきと同じ鳴き声の鳥が鳴いた。ザッザッと小石を踏む音、山道を下るふたり分の足音がやたらと耳に響き、沈黙が際立つ。

　……しまったな。好きな人の話なんてプライベートなこと、こんなに軽く聞くべきじゃなかったかもしれない。もしかしたら、芝崎くん、怒っていないかな。

「真鍋は？」

　すると、芝崎くんが前を向いたままで口を開いた。

「え？」と聞き返すと、

「真鍋はいるの？　好きな人。交換条件。真鍋が言ったら言う」

　と逆に質問されてしまう。

「い、いないよ、私は。だから、ヒントもあげ

ようがないっていうか」
　意表をつかれた私は、本当のことを答えただけなのに、変に取り乱して上擦った声を出してしまった。両手と顔をぶんぶんと横に振ったからだろう、リュックがずれ落ちそうになり、肩にかけ直す。
　ふたりの間に、また沈黙が流れた。「ふーん」と言った芝崎くんの目が、白々しいものを見るかのようだ。
「俺はいるよ、好きな人」
「えっ！」
　べつに自分のことだと言われたわけじゃないのに、前置きもなく言われた芝崎くんの言葉に、またもや心臓が跳ねた。そして、その瞬間に木の根に足が引っかかり、転びそうになる。
「ひゃっ！」
「おいっ！」
　倒れそうになった体が、ぐいっと引き上げられる。芝崎くんがすばやく私の手を握って引っ張ってくれたおかげで、転倒せずにすんだ。
「あぶな。ちゃんと足もと見ろよ」
「う、うん……ごめん」
　離された手。その手のひらに残る温度にドキ

ドキしながら、早鐘を打つ胸を押さえる。
「……あ」
　そして、ある事実に気づいてしまう。
　……あれ？　今、手をつないだよね？
　手を……。
　　５月24日　「手をつなぐ日」
　カレンダーの内容がばっちり思い出され、私は胸を押さえるこぶしをぎゅっと握りしめ、ごくりと生唾を飲んだ。疑念が確信に変わる。
　うん、たしかにつないだ！　やっぱりだ。あれは、芝崎くんとのことが書かれている。まちがいない！
「で、なんだったっけ？　ヒント？」
「へ？　あっ！　うん、そうそう」
　さっきの話を思い出して大げさにうなずくと、芝崎くんはあごをさすりながらななめ上を見た。鼓動が今までになく速い。さっき転びそうになったからだけじゃない。いろんな感情でごちゃまぜだ。
「"髪の長さは肩上"」
「……へぇー……」
　ハハ、と半笑いしてみる。すると芝崎くんがちろりと私を見下ろした。目が合い、また心臓

が跳ねる。私の髪も、肩上だ。
「何？　何個言えばいいの？」
「えーと……5個くらい？」
「多すぎだろ」
　ハッと芝崎くんが笑った。
　これは予想外だ。芝崎くんはなかなかこんなふうにわかりやすく笑わないからだ。それを見た私の顔にみるみる熱が集まっていくのがわかる。
　なんで人の笑顔を見て、自分の顔が赤くなるの？　おかしい。変だ。
「とりあえず、もうひとつ。"勉強はできるほう"」
「……なるほど」
　そう言って口を真一文字に結んだ私は、大きくうなずくふりをして顔をうつむけた。できれば、この顔は芝崎くんに見られたくなかった。
　私の頭のなかでは、以前私の漢字テストが満点だったことを知られた場面が再上映されていたからだ。

芝崎くんの好きな人

5月27日（月）

　土日をはさみ、月曜日の昼休み時間。
「えー、宗田くん情報ゼロ？　ざんねーん」
「うん、ごめんね」
　いつものように４人で机をつけ、優花ちゃんたち３人に説明すると、みんな拍子抜けしたような顔をした。みんなの期待にこたえられなかったことが申しわけなくて、私はなんとか校外学習の時のできごとをしぼり出す。
「でも、優しかったよ。グループの雰囲気をよくしてくれたり、発表まとめも、残りは自分がするよって持って帰ってくれて」
　芝崎くんが写真を撮り、いくつか知っている石をメモしたあと、宗田くんが家に辞典があるからと、持って帰って調べてくれることになったのだ。ふたりともテキパキと進めてくれて、結局私は何もしていない。
　それより何より、あの日芝崎くんと話したことや手を握られたことが気になりすぎて、それどころじゃなかった。
　"髪の長さは肩上"……"勉強はできるほう"……。まるで呪文のように頭のなかで唱え、午

前の授業中も、後ろの席を意識して肩がカチカチにこってしまった気がする。
「あ、もしかして千奈美ちゃん、好きになっちゃった感じ？」
「えっ？」
　不自然に大きな声を出してしまい、３人とも目を丸くした。そして、顔が熱くなっていく私を見て、彼女たちはニマニマしはじめる。
「あー、やっぱり、あの顔よし性格よしの両面イケメンには落ちちゃうよね。一緒のグループになっていいところ知っちゃったら、もうしかたないよ」
「わかるわかる。女子みんなそうなるって、千奈美ちゃん」
「いや、ちが……」
　これは、宗田くんのことを意識しているって、３人から誤解されているっぽい。そうじゃないのに。
　ちょうど廊下から教室に入ってきた芝崎くんが目に入り、私はパッと視線を逸らした。またた、心臓の調子がおかしい。
　だって、しかたない。また話せるようになってよかったって言われて、好きな人のヒントを

芝崎くんの好きな人

言われて、極めつけのカレンダーの恋愛予定。これで意識するなというのは無理だろう。
「あ、ちなみに芝崎くん情報は得られた？　好きな人いるのかな？」
美沙ちゃんの言葉にピクッと肩を上げた私は、がんばって平静をよそおい、愛想笑いをつくる。
「えーと……いないみたい。ごめんね、どっちの情報収穫もゼロで」
３人は宗田くんの時ほどは落胆せず、「そっかー」「そんな感じだよね」とうなずいた。私は、自分が自然に嘘をついたことにおどろいていた。なんとなく、３人には教えたくなかったんだ。
「あ、藤間さんは大丈夫だった？　全然空気読まないし愛想はないし、大変だったんじゃない？」
今度は、優花ちゃんがひそひそ声で聞いてきた。近くにはいないものの、教室内で読書をしている彼女を視界の隅に入れたからだろう。
「あー……」
私もちらりと彼女の存在を確認し、声を落とした。
藤間さんとは、校外学習の最後にあいさつを交わして以来、話していない。『人任せなのね』

と言われたことが小さな心のトゲになっていて、いまだに鈍くうずいている。きっと藤間さんは気にしていないから、私だけなんだろうけど。
「まぁ、ちょっとだけ……」
　指で２ミリほどすきまをつくって答えると、３人は「やっぱりー？」と声を上げた。そこから、オタクだの目つきが怖いだの友だちゼロだの、いつもの陰口がくりひろげられる。
　たしかに彼女は声優ファンだったけれど、すごくキラキラしながら熱弁していて、楽しそうだった。それに、自分の話だけじゃなくて、私のことも聞いてくれた。
　言い方はきついし、私も多少傷ついたりもしたけれど、そこまで嫌な人というわけではない気がする。でも……。
　３人が藤間さんに対してマイナスのことばかり言っているなか、ひとりだけプラスのことを言うのは気が引けて、やはり何も言えなかった。いつもと同じように、みんなの言葉に相槌を打っては微笑むだけ。
「あ、真鍋さん。ちょっといい？」
　ちょうどそこに、宗田くんが来た。優花ちゃんたちはびっくりしたらしく、瞬時にひそひそ

話を中断し、宗田くんを見上げる。

「ごめんね、おしゃべりのじゃましちゃって。これ、それぞれの鉱石の説明をプリントアウトしてきたからさ、藤間さんと一緒に、写真と合わせて切り貼りしてくれるかな？ そしたら、4人でやりましたって感じで達成感があるかなと思って」

「あぁ、うん。そうだね、ありがとう」

宗田くんはクリアファイルに入れた資料を私に手渡すと「じゃ、お願いね」と言って去っていった。まるで私が任せきりで申しわけないなと思っていたことを見透かしていたかのようで、さすがだなと感心してしまう。

「いいないいな、宗田くんとしゃべれて」

「でも、藤間さんと一緒か……。がんばってね、千奈美ちゃん」

春菜ちゃんと美沙ちゃんの言葉に、私はまた「ハハ」と愛想笑いをした。

「はい、こっちは終わったわ」

「こっちも終わった」

放課後、バドミントン部に行く前に教室に残り、藤間さんと発表資料を仕上げた。芝崎くん

と宗田くんのおかげで、私たちの作業は20分で終わった。念のために顧問の先生に遅れると伝えたけれど、間に合いそうだ。
　机の上を片づけた私たちは、バッグを肩にかけて教室を出た。同じ部活で同じ体育館へと向かうのだから、一緒に行くほかない。
　階段を下り、くつ箱でくつに履き替える。陸上部だろう、昇降口の向こうを、十数人が連なってランニングしているのが目に入った。校舎には、吹奏楽部の各々の楽器の音が遠く響き出す。
「石って……全然興味なかったけど、いろいろあるのね」
　昇降口から体育館へと続く外通路にさしかかると、西日をキラキラと浴びて眩しそうに目を細めながら、藤間さんがぼそりと言った。
「……うん、私も思った」
　うなずくと、さっきまで必要最小限しか話さなかったのに、するすると言葉が出てくる。私は続けて、
「あと、苔が生えてる石の写真とか、まわりの花が映りこんでるのを見て、植物調べもありだったかもなって思った」

と本音を述べた。
「本当ね、いい考えだわ。全然思いつかなかった」
「頂上で思いついてれば、人任せだとか言われなかったのにな」
　私の言葉に、藤間さんはきょとんとした。そして次の瞬間「アハハッ」と弾けたように笑う。
「悪かったわ。私、思ったことをすぐ口にしちゃうから」
　なんだか謝られている気がしない。でも、謝られたいわけでもない気がした。
「ううん。図星だったからいいよ」
　そう答えたあとで、そうだったんだな、と自分で自分に納得する。
　モヤモヤの正体は、これだったのかもしれない。私は本当はわかっていたんだ、自分にこういう短所があるっていうことを。自分の考えを言うことよりも相手に合わせることを優先して、結果、楽していた。
「わっ！　ごめんっ！」
　その時だった。後ろから走ってきた女子と腕がぶつかってしまい、その子が追い越しざまに振り向いて謝ってきた。かなり急いでいる様子

だ。
「ううん、大丈夫だよ」
「ホントごめんねー！　それじゃ」
　体育館は目の前だったので、入口へと続く階段を小走りでのぼってなかへ入っていく彼女。サラサラボブヘアの、かわいらしい女子だ。
　たしか、同学年だよね、あの子。同じクラスになったことはないけれど、どこかで見た覚えがある。
「あの子、バド部じゃないし、バスケ部は男子だけだし、どうしたんだろ？」
　今日は、バドミントン部とバスケ部が体育館を使用する日だった。首をかしげていると、藤間さんが、
「彼女はバスケ部のマネージャーよ。遅れそうだから急いでたんじゃない？」
　と教えてくれる。
「あぁ！　そうだ。そうだったね」
　そう、バスケ部と練習日が一緒になってから、ボトルの準備をしたり、ビブスを集めたりしている女子ふたりを、よく目にしていた。
　しかも、あの子は、この前芝崎くんと一緒に三角コーンを片づけていたマネージャーだ。直

接話したり、近くで見たことはなかったけれど、あんなにかわいい子だったんだな。
　なぜだろうか、ほんの少しだけれど、胸がチクンと痛んだ気がした。

　バドミントン部の練習が終わり、制服に着替えて部室を出ると、夕方の空気が顔をなで、汗がひんやりとした。日が沈み、灰色がかったオレンジ色の空の下、「お疲れー」と言いながらみんな帰っていく。
　バドミントン部に遅れて部活が終わったらしいバスケ部は、私たちと入れちがいで、ちょうど体育館から出てくるところだった。タオルを首にかけて拭きながら部室棟へ歩いてくる集団。そのなかに、宗田くんと芝崎くんもいた。
「あ、お疲れー、真鍋さん」
　先に宗田くんがこちらに気づき、手を振る。そして、その後ろから芝崎くんも手を上げた。藤間さんは着替えるのが早く、すでに帰ったあとだったので、発表資料が完成したよと私がふたりに伝える。
「藤間と仲直りした？」
　タオルで前髪をガシガシしながら、芝崎くん

が聞いてきた。首をかしげると、宗田くんが笑って補足してくれる。
「芝崎が言ったんだよ。最後の仕上げは、真鍋さん藤間さんのふたりにさせようって。そしたら話す機会ができて、雰囲気がよくなるんじゃないかって」
「え……そうなの？」
「わだかまりは、小さいうちに早めに解くに限るだろ」
　そう言った芝崎くんは、タオルで影になり、表情があまりよくわからない。でも、優しい顔をしているような気がした。それを勝手に想像して、じんわりと胸があたたかくなる。
「おーい、宗田。これ、おまえのー？」
「今行くー。じゃあね、真鍋さん」
　友だちに呼ばれた宗田くんが、先にバスケ部の部室へと駆けていく。他のバスケ部集団は、すでにみんな部室のなかに入っていた。水色と灰色とオレンジ色のマーブルもようの空を背景に、私と芝崎くんだけが体育館と部室棟の間にポツンと残される。
「そういえば、他の女子に言った？　好きな人がどうのって」

芝崎くんの好きな人

「えっ？　あっ、ううん！　ほら、だって、ヒントも漠然としてるし、言ったところで、ほら、意味ないっていうか」

　急に気にしていた話題を振られたからか、あわてた私は「ほら、ほら」と変な説明をしてしまった。挙動不審に身振り手振りし、最後に「アハハハ」と空笑いする。

「なんだよ、それ」

　芝崎くんはつられたように小さく笑った。それを見て、ソワソワする私。この前の校外学習もそうだったけれど、ふたりきりになると、いつもの私ってどんなだったっけ、とわからなくなる。

　残っていたバドミントン部の後輩女子が部室から出てきたのが目に入った。前に芝崎くんと話していたのをうらやんでいた後輩ふたりで、私たちを見て、

「先輩、さよーならー」

　とぶんぶんと手を振り、頭を下げてくる。

「芝崎先輩も、お疲れさまですー」

　ついでに、芝崎くんにもあいさつしたふたり。芝崎くんが「お疲れー」と返すと、キャッキャとうれしそうにはしゃぎながら走っていった。

97

なぜかこそばゆくなってしまった私は、自分も帰ろうと校門へと足を向ける。
「じゃ、じゃあ、またね」
　歩き出しながらそう言うと、芝崎くんから「あのさ」と呼び止められた。
「３つ目のヒント "体育館"」
「…………」
「じゃーな」
　軽く手を上げて、部室のほうへと去っていった芝崎くん。その後ろ姿を見送った私は、校外学習の日以上に胸を高鳴らせる。
"髪の長さは肩上" "勉強はできるほう"……そこに加わった３つ目のヒント "体育館"……。
「いやいや、そんな……」
　打ち消そうとして額を押さえ頭を振るも、そうとしか考えられずにピタリと動きを止める。すると、信じられないくらい自分の心音が響いた。
　これって……やっぱり……本当に……。

　帰宅した私は、自分の部屋でカレンダーと向き合っていた。
　５月の残り数日に何か文字が浮かび上がってこないかと凝視するも【５月24日　「手をつな

ぐ日」】以後は何も書かれていない。今日はもう27日だった。

　べつに、芝崎くんとの予定が増えてほしいとか思っているわけじゃない。ただ、何か追加されていたら心の準備が必要だから、確認しているだけだ。

　だれに聞かれているわけでもないのに、頭のなかで自分で自分に説明し、

「まぁ、いいけどさ」

　なんてひとりごとも言ってみる。ちょっと浮ついた気分だと、自分でもわかる。

　網戸にしている窓から、涼しいけれど湿り気を帯びた風が入ってきた。もうすぐ６月だ。梅雨もはじまるだろう。

「……６月……」

　ん？　そうか、予定は今月のカレンダーだけとは限らないよね。もしかして……。

　ひらめいた私は、１枚めくってみた。そして６月を確認するや否や、ありえない文字を発見して瞬時に勢いよくまた閉じる。

「　…………　」

　ドクン……ドクン……と、近づく足音みたいに心拍音は大きくなっていく。見まちがいだっ

ただろうか。今度はそおっとめくり、一度ぎゅっと目を閉じてからまたゆっくりと開けてみた。
　6月10日　「告白される日」
「……嘘。嘘だ」
　ゴクッと喉が鳴った。6月10日は月曜日、2週間後だ。
　2週間後……こ、告白されるの？　私が？　し、芝崎くんに？
　カレンダーをめくっては閉じ、めくっては閉じたあと、左手で口を押さえ、もう片方の手で胸を押さえた。服の上からでもその振動が伝わってくる。いや、体全体が心臓になったようだ。
　告白といっても、好きだという告白とは限らない。でも、猫に頼んだのは、恋愛予定だ。いや、そもそもそんなファンタジーなことが現実に起こるわけなくない？　ううん、だって、今までの予定はすべてその通りになっているじゃないか。
　頭のなかで、すごい勢いで自分同士が討論している。告白、というワードの威力に、おなかがぺこぺこなのもどこかへいってしまった。
　今までは、接近だの手を握るだの、恋愛に直結しているかというとそこまでではなかった。で

も、告白となると別だ。だって、好きだと言われるってことなんだから。おそらく、面と向かって、はっきりと。
「えー……」
　私は、両手で顔を覆ってその場にへたりこんでしまった。鏡を見なくても、自分が真っ赤になっているのがわかる。
　やっぱり、芝崎くんは、中３の時から変わらず、私のことが好きだったんだ。２週間後、私は芝崎くんに告白されるんだ。
「……うわぁー……どうしよう」
　告白される予定なんて、聞いたことがない。返事はなんて言ったらいいんだろうか。

恋愛予定の相手

恋愛予定の相手

「お、おはよう、芝崎くん」
「おはよう、真鍋。どうした？ 具合悪い？」
「う、ううん。大丈夫」
　翌日から、私はあきらかに挙動不審になってしまった。６月１日に５月のカレンダーを切り取ってからは、なおさらだ。毎日「告白される日」が目に入り、意識したくなくても意識してしまう。
　席替えがあったのは、私にとっては幸いだった。真ん中あたりの席になり、ななめ前には宗田くん、ななめ後ろには藤間さんになった。背の高い芝崎くんは、２列横のいちばん後ろの席だ。すぐ後ろじゃないから、緊張で肩がこることもない。
「真鍋さん、ここの和訳、どう訳した？」
「あぁ、これ、私も迷ったんだけど……」
　休み時間に、宗田くんがななめ後ろを振り返り、身を乗り出して聞いてきた。席が近いので、最近よく話す。
「辞典引いたら、こっちの意味のほうが話が通る気がして、こんなふうに訳したんだけど」
「僕もそう思った。真鍋さんと同じなら大丈夫だな」

103

気さくで、優しい宗田くん。みんなの前での校外学習グループ発表の時も率先して説明を担当してくれたし、いい人代表だ。けれど……。
「あ、宗田、そういえばさ」
　宗田くんは芝崎くんと仲がいいから、たまに芝崎くんが宗田くんの席まで来ることがあった。席が離れて心が落ち着いていたのに、ななめ前だから必然的に視界に入り、そのたびにちょっと緊張してしまう。
「これ、もしかして宗田のだったか？　借りたままだった」
「あー、ないと思ってたら、芝崎のペンケースにまざってたのか」
「悪かったよ。はい。おわびにシャー芯１本おまけ」
「ハハ、いらないって」
　ささいなことで笑い合っているふたりは、本当に仲がいい。盗み聞きしている私は、こっそり微笑んでしまう。
「じゃあ、かわりに真鍋にやるよ」
　チラチラ見ていたら、急に私のほうに手が伸びてきた。芝崎くんが手のひらにシャープペンシルの芯を１本のせて、差し出してくる。

「あ……ありがとう」
　おどろいた私は、言われるがままにその手のひらから芯をつまんで取り、自分のシャープペンシルに補充した。芝崎くんの手に少し触れてしまい、動きがカクカクしてしまう。
「え、普通にもらうんだ、真鍋さん。やっぱりおもしろいね」
　そんな私を笑っている宗田くん。でも、そんなことはどうでもよくて、私はすぐそばに立っている芝崎くんが気になってしかたなかった。
　「告白される日」は、1日1日と近づいていった。

6月10日（月）

　いよいよ、6月10日がやってきた。「告白される日」である今日は、朝から髪をいつもよりていねいに梳き、ラメの入ったヘアゴムで結んだ。そして、歯磨きもいつもより長く、身だしなみもいつもより入念にチェックして家を出た。
「おはよう、宗田くん」
「あ、おはよう、真鍋さん」
「おはよう、藤間さん」
「おはよう」

教室に入り自分の席に着くと、目を閉じて胸に手を置き、大きな深呼吸をひとつ。ざわざわとした朝の空気のなか、落ち着け、落ち着け、と自分に言い聞かせる。
　けれど、次に目を開けると、ちょうど宗田くんの列と私の列の間を芝崎くんが通るところで、ばっちりと視線を合わせてしまった。おどろきのあまり、思わず立ち上がってしまう。
「お、おはよう！　芝崎くん」
「おはよ。俺、先生じゃないから立たなくてもいいんだけど」
　短く笑って自分の席へと向かった芝崎くん。はずかしくなってしまった私は、下を向きながらゆっくりと着席する。
　こんなんで、今日１日、私の心臓はもつのだろうか。

　けれど、そんな心配に反して、あっという間に放課後になり、あっという間に部活も終わってしまった。
　それに、今日は体育館がバスケ部と同じ曜日だったのだけれど、顧問の先生の用事があったらしく、バスケ部はいつもより早く終了してい

た。だから、私たちバドミントン部が終わって部室に行くころには、すでにバスケ部員たちは帰ったあとだった。
　……あれ？　もしかしてカレンダー見まちがえた？
　着替えが終わり、部室を出て校門へと歩きながら、下唇をつまみ、首をひねる。でも、何日も前から何度も何度も確認したし、今朝も見た。たしかに今日だった。まちがいないはずだ。

「真鍋さん」
　声をかけられたのは、正門を出る間際だった。薄暗いなか駐輪場から手を振る人影が見え、そちらのほうへ数歩進むと、それが宗田くんだと気づく。そういえば、宗田くんは自転車通学だと言っていた。
「お疲れさま、宗田くん」
「お疲れ。真鍋さん、ちょっと時間もらってもいい？」
「え？　今？」
　駐輪場まで行くと、宗田くんが自転車を押して出てくる。「ごめんね」と言われ「ううん」と返すと、宗田くんはスタンドを立て、自転車を

その場に停めた。
　今日は夕方から曇り空で、いつもより暗い気がする。駐輪場にはふたつの外灯があるのだけれど、奥のほうは壊れているのか点いておらず、こちらにあるもうひとつも明るさが今ひとつだった。
　だからだろうか、宗田くんの顔が、いつもより白くて強張って見える。
「えーと、急で悪いんだけど、僕……」
　コホンと咳払いをしたあと、宗田くんは口を開いた。でも、途中で言いよどみ、沈黙ができる。なんだか歯切れが悪くて、宗田くんらしくない。
　けれど、このもどかしいような空気に、ふと、ある可能性が頭をよぎった。
　……あれ？
　もしかして、と思う。この状況が勘違いじゃなければ、これは……。
「２年になって真鍋さんと話すようになってから、好きになったんだ」
　伏せていた目をしっかりと上げた宗田くんは、私と視線を合わせ、はっきりとそう言った。そして、すぐに気まずそうに頭をかき、

「返事はすぐじゃなくていいから、できればつき合ってもらえたらうれしいな、と」
とつけ加える。
「…………」
やっぱりそうだった、という気持ちと、なんで、という気持ちが、正面衝突したかのようだ。言葉が出ずに、口を数回開けては閉め、
「え……と……」
としか言えない。
「おどろかせてごめんね」
宗田くんは、自転車にまたがり「それじゃ」と言って帰っていった。呼び止められてから3分もたっていない。突然のできごとに、私は瞬きをくり返す。足の裏をボンドでくっつけられたかのように、身動きができない。
……ちょっと待って。え？　宗田くん？　なんで、宗田くんが……。
と、その時。
「すごーい！　千奈美ちゃん！」
ふいに背後から高い声が聞こえ、飛び上がりそうになった。振り返ると、口の前で小さな拍手をし、目をキラキラさせた優花ちゃんがいた。
「ゆ……優花ちゃん？　なんでここに？　どう

したの？」
　お化け屋敷でおどろかされたような心臓に悪いドキドキに、間の抜けた声が出た。けれど、優花ちゃんはそんなのかまわずに、私の目の前まで走り寄ってくる。
「学校に忘れ物しちゃってね、たまたま取りに来たの。そしたら、千奈美ちゃんが宗田くんに呼び止められてるの目撃しちゃって。ごめんね、盗み見するつもりはなかったんだけど」
　優花ちゃんも自転車通学だ。外灯が壊れている駐輪場の奥にいたのか、全然気づかなかった。
「それより、宗田くんからの告白、ヤバイね！　よかったじゃん！　最近、千奈美ちゃんと宗田くん仲がいいなって思ってたからさ、なんか私もテンション上がっちゃったよ。うれしい！」
「…………」
　私は、状況が飲みこめずに何も言うことができない。優花ちゃんは、その場でピョンピョンとジャンプをして、まるで自分が告白されたかのようだった。

　どうしてこうなったんだろう？　ずっと芝崎くんとの恋愛予定が書かれていたのに、なんで

ここにきて宗田くん？　芝崎くんからの告白のはずじゃなかったの？

　頭のなかがこんがらがりながら帰宅した私は、真っ先に自分の部屋へと向かった。そして切り取って机の引き出しにしまっていた５月のカレンダーと、壁にかかった今月のカレンダーを順番に食い入るように見る。
　　５月７日　「接近する日」
　　５月15日　「忘れ物を借りる日」
　　５月19日　「手を振る日」
　　５月24日　「手をつなぐ日」
　　６月10日　「告白される日」
　書かれた文字を見ながら、ひとつひとつを順番に唱えてみた。
「接近、忘れ物、手を振る、手をつなぐ、告白……」
　それぞれの日に宗田くんとも接点がなかったか、じっくりと思い返してみる。
　接近……あの日は、芝崎くんと久しぶりに話した日。でも、そういえば、宗田くんと初めてしゃべった日でもある。そうだ、バスケットボールを芝崎くんへ渡した時、たしかに「よろし

く」と言われたんだ。

　手を振った日は……あぁ、お母さんと車に乗っている時にバイバイしたんだったな。あの日も、思い返せば、芝崎くんの横に宗田くんがいて、同じように手を振って別れたんだった。
「……たしかに、そうだ」
　ふたつの事柄は宗田くんとつながった。けれど"忘れ物"と"手をつなぐ"っていうのは、芝崎くんだけとのことだ。宗田くんとは関係がなかったはず。
『これ、もしかして宗田のだったか？　借りたままだった』
　けれど、ふいにこの言葉が頭に浮かび、あれ？と思った。
　この前、芝崎くんが宗田くんの席に来て返してたの、そういえば消しゴムだった。あれは、あの「忘れ物を借りる日」に借りた消しゴムと同じだったような。
　てことは……私が借りた消しゴムは宗田くんの消しゴムだったってこと？
「……そんな……」
　信じられない気持ちと、そうとしか思えない気持ちの間で、頭がグラグラする。いや、でも

あの「手をつなぐ日」だった校外学習の日、宗田くんと手をつないだ記憶なんて……。
「あっ！」
　ピンときた私は、さっきカレンダーを取り出した引き出しを開ける。
　そこには、数日前に配られた校外学習の全体写真とグループ写真が入っている封筒があった。すぐに封筒からグループ写真を取り出し、4人の写真を確認する。
　そこには、山の頂上で、手をつないでバンザイをした私たちが映っていた。右から、藤間さん、私、宗田くん、芝崎くん……。
「手……つないでる……」
　写真を撮った一瞬のことだったし、バンザイをしたという記憶しか残っていなかった。そうだ、あの時撮影してくれた先生に言われて、たしかに手をつないだんだった。
「ぜんぶ……宗田くんともかぶってたんだ……」
　いや、宗田くんがかぶっていたんじゃない。たまたま、芝崎くんがかぶっていただけなんだ。だって、告白してきたのは、宗田くんだったのだから。恋愛予定は、ぜんぶ宗田くんに関することだったのだから。

「そんな……」
　強張っていた肩から、力が抜けていく。写真を持つ両手を机にぱたりと置いた私は、盛大に息を吐ききった。自分の思いこみがはずかしい。
　でも、合点がいったものの、なぜか心にぽっかり穴が空いたみたいだ。なんとなく虚しいような、悲しいような、足りないような、やりきれないような……説明のつかない気持ちが胸のなかに充満している。
　そっか……芝崎くんが私のことを好きだというのは、勘違いだったんだ。そうだよね、だって、中３のころにあんなことがあったんだもん。今さらなんとも思っていないよね。……そうだよね……。
「はぁ――――……」
　ため息が止まらないのは、なぜだろう。宗田くんから告白されたことよりも、告白が芝崎くんからじゃなかったことのほうが衝撃なのは、なぜだろう。
　私は、べつに芝崎くんのことが好きってわけじゃないのに……。

置いてけぼりの私

6月11日（火）

「えー！　マジ？　あの宗田くんから告白？」
　春菜ちゃんの大きな声が、体育前の女子更衣室に響く。すぐに優花ちゃんが春菜ちゃんの口をふさいだけれどあとの祭りで、更衣室は「何？　何？　だれが？　どういうこと？」と大盛り上がりになった。
　優花ちゃんが春菜ちゃんと美沙ちゃんに耳打ちしたところを見て、嫌な予感がしたんだ。昨日目撃された時に、口止めしておけばよかった。
　その他大勢には優花ちゃんたちが苦しまぎれにごまかしたけれど、そのあと私に根掘り葉掘り聞こうとしている春菜ちゃんを見て、だれもが察したようだった。告白されたのは私だって。
「いーな。私も告白とかされてみたーい」
「彼氏が宗田くんとか最高じゃん」
「デートはどこ行く？　映画？　遊園地？」
　今日の体育は持久走だ。更衣室からグラウンドへ向かう途中、３人が好き勝手に話を展開させていく。まるでつき合うことが決定しているかのような話しぶりに、私は「あのー……」と控えめに遮った。

置いてけぼりの私

「まだ返事してないし、つき合うとかも決まったわけじゃ……」
　すると、3人は同じように眉間にしわを寄せて怪訝な顔をした。
「ええ？　だって、最近仲良くなってて、いい雰囲気だったよ？　てっきり両想いなんだって思ってたんだけど、ちがうの？」
「それに、千奈美ちゃんも宗田派って言ってたじゃん。校外学習でも優しかったって言ってたしさ」
　優花ちゃんと美沙ちゃんに詰め寄られ、
「む、宗田派っていっても、本当に好きって意味で言ったんじゃないよ？」
　と、たじたじになりながら、かろうじて返す。
「でも、今好きな人いないんでしょ？　なら、つき合ってみてもいいんじゃない？　それから好きになるってこともあるっていうしさ」
「そうそう、宗田くんみたいないい条件の男子を逃すなんて、ぜったいありえないよ」
「いつ私にも春が来るんだろうって言ってたじゃん！　OK一択でしょ！」
　3人の圧がすごい。そして、すごく楽しそうだ。私は反論するのをあきらめて「うーん」と

濁した返事をする。

　この感じには、覚えがあった。あの、中３のできごとだ。

　夏祭りの待ち合わせ場所に来なかった友だちに電話をした時、そして後日、嫌だったと伝えた時。私の気持ちは置いてけぼりのまま、みんながどんどん話を発展させていった。

　ピーッと笛の音が響き、男子たちもグラウンドに並ばされている。そのなかに、背が高いからかすぐに見つけられる芝崎くん。そして、その横に宗田くんも。

　……返事、どうしよう。

　自分なんかを好きになってくれて、うれしいとかありがたいとか、そういう気持ちがないわけじゃない。宗田くんと話すのは楽しいし、尊敬できるところも多いし、私になんてもったいないくらい、いい人だ。

　なのに、なんでだろう、人気者の宗田くんに告白されたことで、３人みたいに舞い上がった気持ちになれないのは。告白をＯＫしたその先を、ワクワクしながら想像できないのは。やっとみんなとの恋バナに参加できるのに、全然話

したいと思えないのは。
　大きな風が吹き、砂ぼこりが視界を白くする。自分の心にも、靄がかかったような気分になった。

　それから、宗田くんとも芝崎くんとも話さなくなった。あいさつはするものの、宗田くんと話すとまわりの目が気になり、芝崎くんと話すと今まで勘違いしていた自分がはずかしくなる。
　連日、優花ちゃんたちが、私の恋バナで勝手に盛り上がっているのもストレスだ。「早くOKしたら？」と何度も言われ、そのたびに心のモヤモヤが濃くなっていく。

6月17日（月）

「何かあったの？」
　藤間さんにそう言われたのは、バドミントン部の休憩中、部室にタオルを取りに行った時だった。水筒を取りに来たらしい藤間さんと部室でふたりきりになり、声をかけられた。
「なんで？」
「教室でも部活でも元気がないように見えるし、今もため息ついてたから」

自分のロッカーを開けて、バッグから薄紫色の水筒を取り出した藤間さんは、ひと口飲んでこちらへ向き直った。
　藤間さんは教室でななめ後ろの席だから、よく見えるのだろう。ため息は無意識だった。
「あー……うん。ちょっと、ね」
　私もバッグからタオルを取り、ロッカーを閉める。黄色のタオルを見つめていると、優花ちゃんたちの顔がそこに浮かび上がった。
　藤間さんは他の女子と話すこともないだろうし、相談してもいいだろうか。でも、藤間さんに話して解決するようなことでもないし……。
　言おうか言うまいか考えていると、外から女子の声が聞こえてきた。部室のドアは、開けっ放しだ。
「そうそう、バド部の子。えっと、真鍋さんだったかな」
　声はふたり分。部室棟と体育館の間にある手洗い場からだ。角度的にここからは見えないけれど、水を出す音が響いたことでわかった。
　今、真鍋って言ったよね？　私のこと……？
　横目で見ると、水筒の蓋を閉めた藤間さんも、部室の入口を見ながら耳をかたむけているよう

置いてけぼりの私

だ。
　私は、音を立てないようにして部室のドア付近まで行き、手洗い場をのぞいてみた。すると、バスケ部のマネージャーふたりが、ドリンクボトルを洗っているところだった。
　以前、藤間さんといる時にぶつかって言葉を交わした子のほうが聞き役らしく、
「うん、それでそれで？」
　と話の続きをうながしている。
　私は、自分のことで何を言われるんだろうと、ちょっと怖くなった。聞きたいような聞きたくないような、でも、聞き耳を立てずにいられない。
「それで宗田くんから告白して、交際間近っていうか、あれ？　もうつき合ってるんだったかな？」
「そうなんだー！　同じクラスってポイント高いんだね。宗田ファン、だいぶ減るんじゃない？」
　楽しそうに話す声が、この部室にも届く。藤間さんを見ると、腕組みをしながら「へぇ」と口パクで言ってうなずいていた。
「…………」

どうしようもなく、嫌な気持ちになる。意図せず噂が広がって、しかも尾ひれがついている。中３の時のことがまた思い出されて、私はゆっくりと顔をうつむけた。
「だからさ、ナオもうかうかしてられないよ？　高１の時は同じクラスだったけど、高２から離れちゃったじゃん？　芝崎と」
「……うん」
　え？　芝崎くん？
　話に急に登場した名前に、私は顔を上げる。もう一度彼女たちのほうを見ると、私とぶつかった、あのサラサラボブヘアのかわいい女子が頬を赤らめていた。彼女は、ナオという名前みたいだ。
「告白しようかなって言ってたけどさ、早くしたほうがいいんじゃない？」
「そうだよね。次の試合の日とか……帰りに告白してみようかな」
「うんうん、ナオと芝崎仲いいしさ、お似合いだよ！　きっとうまくいくはず！」
　ずんと、自分だけ重力が２倍になったような気がした。目の前の景色がかすみ、薄い膜に覆われたかのようだ。

置いてけぼりの私

　……告白？　仲がいい？　お似合い？　うまくいく？
　次々と出てきた言葉。それを頭のなかで復唱するたび、いちいち胸に刺さっていく。高１の時に同じクラスで、しかもバスケ部のマネージャーなら、仲がいいのは当たり前のことだ。
　けれど、そんな当たり前のことにショックを受けている自分がいる。
「あー……でも、その前にテストがあるよね。緊張して勉強に集中できないかも」
「何言ってるの。ナオはいつも学年一桁じゃん？　余裕でしょ」
「余裕じゃないよ。今度の数学、ちょっとヤバそうだからがんばらなきゃ」
　そんな声が遠のいていく。ボトル洗いが終わり、体育館へ戻ったらしい。
「…………」
　バドミントン部の部室内は静まりかえり、体育館内の音や声が遠く響いてくる。
「丸聞こえだったわね、彼女たちの声」
　最初に口を開いたのは、藤間さんだった。私は「……うん」と小さく返事をして、手に持っていたタオルをぎゅっと握る。マリーゴールド

の刺繍が、ぐしゃっとつぶれた。
「私……宗田くんとつき合ってないよ？」
　私がぽつりとそう言うと、藤間さんは髪を結んでいたヘアゴムを外し、手櫛で結び直しながら、
「そう」
　とだけ言った。ロッカーの鏡を見ていて、私のことは見ていない。
「でも、友だちが勝手にまわりに言ったり、話を進めたりして、こんなふうに噂になっちゃってて……」
　言いながら、苦いものがこみ上げてくる。
「迷惑だって言えばいいじゃない」
「言えないよ」
　私が語気を強めてしまったことで、藤間さんは髪を結ぶ手を止め、顔だけこちらに向ける。わずかに眉を寄せている。
「なんで言えないの？」
「だって、そんなこと言って空気を壊したら、まわりからだれもいなくなるじゃん」
　そしたら、ひとりになってしまう。もう、あんなふうにひとりになるのは嫌だ。
　中３の２学期が、ありありとよみがえる。私

置いてけぼりの私

がぶつけた本音に対し、失望した友だちの言葉、その冷たい表情。噂がひとり歩きして、悪者になったこと。まわりから仲良かった人たちがいなくなり、孤立したこと。
　あんな経験は、もうぜったいにしたくない。
「私みたいに？」
　パチンとヘアゴムの音をさせて髪をきつく結び終えた藤間さんは、私に体ごと向き直った。わずかに吊り上がった目に、熱がこもっている。
「言っとくけど、私は、自分の言いたいことを言えないような友人なんていらないわ。そんなの、友人じゃないもの。本音を言って離れていくような人も、友人なんかじゃない。そんな友だちごっこをするくらいなら、ひとりのほうがマシ」
　きっと、私が藤間さんみたいになりたくない、と言っているように受け取ったのだろう。藤間さんは息継ぎなしでそう言いきって、ハアッと息を吐いた。
「ち……」
　ちがう、そう言おうとしたけれど、言葉が続かない。
「まわりに合わせることを自分で選んでるくせ

に、ウジウジして悩んで。結局真鍋さんはどうしたいの？」

どうしたいって……。

答えが出せずにやっぱり言い返せずにいると、そんな私を見てしびれを切らしたのか、

「心配して損したわ」

と、藤間さんは部室を出ていった。

「……あ……」

なんで、こんなふうになっちゃうんだろう。藤間さんを傷つけるつもりも怒らせるつもりも全然なかったのに。言ってしまった自分の言葉を反省しても、もう遅い。

目頭が熱くなり、ズズッと鼻をすすると、その奥がツンとまた痛んだ。

ひとり残された部室。その床は、まるでいろんなものが混ざって濁った沼のようだ。私は、その沼に足を取られ、ずぶずぶと沈みこんでいくような心地がした。

帰り道は小雨だった。折り畳み傘をさした私は、いつもより暗い道をとぼとぼと帰る。数日前に梅雨入りしたとニュースでやっていた。しばらくは不安定な天気が続くのだろう。

置いてけぼりの私

　細かく降る雨は、歩道脇の外灯に照らされ、まるで霧のようにまわりを白くぼやけさせる。重い足を引きずりながらそのなかを歩き、はぁ……と、またため息をこぼした。
　宗田くんから告白される直前までは、あんなに楽しかったのにな。今は、どうしていいのかわからなくて、身動きが取れない。
「あれ？　真鍋？」
　名前を呼ばれて振り返ると、傘をさした芝崎くんがいた。通学路は、たしかちがうはずだ。
「芝崎くん……どうしたの？」
「そこのコンビニに寄ってた。親から帰りに牛乳買ってこいって頼まれて」
　芝崎くんは、通りすぎたコンビニに親指を向けた。雨のなかのコンビニは、青白い光を放っている。
「そしたら、なんか見覚えのあるウサギのしっぽが見えたから、真鍋かなって思って」
「そうなんだ」
「リアクション薄……」
　短く笑った芝崎くんを見て、胸の奥がチリッと擦れたような気がした。あのナオというマネージャーの顔が脳裏にちらつく。

『告白してみようかな』『きっとうまくいくはず！』

1時間半前に聞いたあの会話も、耳にべったりとこびりついたままだ。

立ち止まったままでいると、芝崎くんが私の家路と同方向へ歩きはじめた。帰らないの？ とでも言うような顔を向けられ、私も足を進める。なぜか、自然と一緒に帰ることになった。

ポツポツと、弱い雨音がふたりの傘を打つ。車通りのさほどない路地は、雨音とくつの音がやけに響いて、沈黙が浮き彫りになった。

「あのさ、勘違いかもしれないけど、俺、真鍋に最近避けられてる？」

すると、1分ほどしたところで、芝崎くんが口を開く。

「えっ？　う、ううん、そんなことないよ」

「そっか。まぁ、席が離れたからな。話す機会が減ったってだけか」

鼻頭をかく芝崎くんの横で、私は身を縮こめた。

心苦しい。でも、自分が自惚れていたからなんて、ぜったいに説明できない。今でも、勘違いしていた自分がはずかしいのだから。

「あと、落ちこんでるようにも見えるけど、これも気のせい？」
　その言葉に、藤間さんのことを思い出した。『何かあったの？』『教室でも部活でも元気がないように見える』
　藤間さんも心配してそう聞いてくれただけだったのに、結果、嫌な思いをさせてしまった。
「……ちょっと、自分のせいで、いろいろとうまくいかなくて」
　言ってしまったら、本当に情けなく感じた。あれもこれも、ぜんぶ本当にうまくいかない。傘の柄をぎゅっと握り、唇をへの字に曲げる。
「ふーん、人のせいにしないだけえらくね？」
「え？」
「あとは、自分が変わればいいだけなんだろ？」
　芝崎くんは、深くは聞かず、こともなげにそう言い放った。何も解決したわけじゃないのに、なぜだろうか、ほんのちょっと心が軽くなる。
「あ、カタツムリ。久しぶりに見た」
　芝崎くんが立ち止まり、歩道脇に並んでいる紫陽花の葉を指差した。黄緑色の鮮やかな葉の表面を、小さなカタツムリがはっている。
　あたりを見まわすと、そこはあの神社の入口

だった。両脇に設置された外灯のおかげで周辺より明るく、カタツムリはちょうど灯りの真下で照らされている。
「なんか、カタツムリにスポットライトがあたってるみたいだな。写真撮りたくなる」
「そういえば、芝崎くんて写真好きだったもんね」
　身をかがめてカタツムリを見ていた芝崎くんは、私の言葉にいったん停止し、遅れて「うん」と言った。そして、何かを思い返すかのように、ふっと微笑む。
「覚えてる？　中３のはじめ、俺が自分で撮った写真を自慢しようとして、何枚も写真が入ったアルバムを学校に持っていったこと」
「うん、覚えてるよ」
　たしか、お父さんがカメラが趣味で、その影響で写真に興味を持ったと言っていた。私が撮る似たような写真とはちがって、いろんなアングルでいろんな対象を撮影していて、中学生なのにプロみたいだと素直に感動したことを覚えている。
「あの時さ、風景だけじゃなくて、虫とかもいっぱい撮ってたから、女子が気持ち悪がって悲

鳴を上げたじゃん？　『最悪』って言ってさ」
「……そうだったっけ？」
「うん。あと、自分ちのじーちゃんとかも撮ってたんだけど、ねらってないのに爆笑されたりもした。まるでバカにしてるみたいに」
　その写真は覚えているけれど、芝崎くんのおじいちゃん、笑いジワいっぱいの満面の笑みがすごくすてきで、愛情を感じたんだけどな。
「でもさ、そんななか、真鍋だけが『すっごくいい！』ってベタぼめしたんだ。まわりの空気をいっさい気にせずに」
　優しい顔をしてカタツムリを見つめていた芝崎くんが、姿勢を戻して私と視線を合わせた。
「あれ、うれしかった。今でも覚えてる」
　その声がとてもやわらかくて、私の心までふわりと浮かんだ気がした。
「……うん」
　それだけ返したあと、なんだか照れくさくなって小さく咳払いをする。
　すごくいいと思ったのはたしかだ。でも、まわりがそんな変な空気だったことなんて、全然覚えていない。
　そうか、その時の私は、まわりの声を気にせ

ず、素直に思ったままを言えていたんだな。昔の自分がちょっぴりうらやましくなる。
　芝崎くんに、うれしかった、と言われて、妙にこそばゆい。そしてそんな小さなことを覚えてくれていたことにも、ソワソワ浮き足立ってしまう。さっきまでどんよりしていたはずなのに、傘を打つ雨音さえリズムを刻んでいるように聞こえる。
　芝崎くんは、神社の鳥居を眺めた。私も芝崎くんの視線を辿って、同じ方向を見た。奥には境内が雨でぼんやりと遠く見える。あの、芝崎くんと一緒に花火を見た境内が。
　今、あの日に戻れたら、私はどうするだろう。ふたりで出店をまわって、花火を見て、つきあってるなんて噂をされて……。そんなことを考えると、頬が熱くなった。
　でも、嫌じゃない。中３のあの日とは全然ちがう気持ちだ。むしろ……。
「…………」
　あの日よりもだいぶ背が高くなった芝崎くんと目が合い、私はパッと逸らしてしまった。どんどん速くなる胸の音。今、芝崎くんとふたりきりだという事実に、今さら急激に緊張しはじ

める。
　あれ？　私、もしかして……。
「帰ろうか」
　ふっとまた微笑んで歩き出した芝崎くんに「……うん」と小さな声を返す。自分の鼓動と芝崎くんの声が体内で反響していて、耳の奥が変だ。横を歩く芝崎くんの傘と私の傘がぶつかるたび、いちいち心臓が跳ねてしまう。

　私……芝崎くんのことが、好きなんだ。
　心のなかでつぶやくと、ぶわっと全身の熱が上がった気がした。いったん自覚してしまうと、もう、なんで今の今まで気づかなかったんだろうと不思議でならない。ここ最近のひとつひとつのできごとと気持ちが、一気に紐づけられていく。
　そうか、そうだったんだ。だから、あのマネージャーのナオっていう子の言葉に、ひどく動揺したんだ、私……。
『次の試合の日とか……帰りに告白してみようかな』
　また思い出したそばから、心がざわつきはじめる。

「それじゃ」

芝崎くんの声に、ハッと我に返った。私の家まであと少しというところにある十字路、その横断歩道にさしかかったところで、芝崎くんは手を上げてそう言った。

「……うん」

またね、と私も手を上げようとしたけれど、その手を下ろし、思いきって尋ねてみた。

「芝崎くん、次のバスケの試合って、いつ？」

私の突拍子のない質問に、芝崎くんは目を丸くする。

「試合？　今週の土曜日だけど。なんで？」

「あ……いや、ちょっと聞いてみただけ」

芝崎くんは「なんだ、それ」と言い、もう一度手をこちらに上げてから横断歩道を渡っていった。私も「バイバイ」と手を振る。

……告白……か。

ツキンと胸を針で刺されたような痛みに、唇をキュッと結ぶ。

告白って、相手にどんな返事をされるのかわ

からないけれど、覚悟と勇気を持って、自分の気持ちをちゃんと伝えることだ。わかってほしい、気づいてほしい、伝えたい。そのエネルギーを言葉にして、相手に届けることだ。
　告白するって……すごいな。芝崎くんへの気持ちを自覚した今、改めてそう思う。告白してくれた宗田くんも、これからしようとしているマネージャーも、本当にすごい。私には、そんな勇気がない。

　……あの子に告白されたら、芝崎くんはなんて返事をするんだろうか。
「…………」
　歩き出すと、水たまりの水が跳ねた。せっかく浮かんだと思った自分の心が、またトプンと沈んだような気がした。

告白の返事と、好きな人のヒント

6月19日（水）

　宗田くんに告白されてから、1週間以上がたった。
「ねぇねぇ、千奈美ちゃん、その後、どうなってるの？」
「もう返事した？」
　昼休みに毎日のようにくり返される問いに、私は今日も苦笑いを返す。
　芝崎くんのことが好きだと自覚した瞬間、宗田くんからの告白に対する気持ちには、もう答えが出ていた。曖昧なままなのは失礼だし、きちんと話すべきなのだろう。
　けれど、あの日の宗田くんの真剣なまなざしを思い出すと、どうしても切り出すことができずにいた。
　交際間近だという噂も、一歩踏み出すことができない理由のひとつだ。
　芝崎くんをフったという噂が流れた時に言われた『最低』という言葉が、耳にこだまする。
「前も言ったけどさ、こんなチャンスはめったにないんだよ？　次、いつこんなすてきなことが起こるかわからないじゃん？　だから、ほん

の少しでもいいなって思ってたら、ＯＫしてもいいと思う」
　優花ちゃんが、真面目な顔で言ってくる。美沙ちゃん春菜ちゃんも、うんうんとうなずく。私は肯定も否定もせずに、ただ微笑んでいた。
　こんなチャンス……こんなすてきなこと……。それは、私の恋愛イベントということだ。
　私は、６月のカレンダーを頭に浮かべた。私の恋愛予定は、あの【６月10日　「告白される日」】以降、何も書かれていない。カレンダーをめくってみたけれど、それ以後の月にも何も書かれていなかった。
　それは、私にはしばらく恋愛イベントが何も起こらないということだろう。もちろん、芝崎くんともだ。私が芝崎くんのことが好きだと自覚したところで、カレンダーには何の変化もなかったのだから。
　まわりに気づかれないようにため息をつき、くっつけた机をもとに戻そうと立ち上がる。３人も立ち上がったけれど、煮えきらない私が気に入らないようだ。やれやれ、という表情で顔を見合わせている。
「真鍋さん」

すると、背後から声をかけられた。振り向くと、宗田くんが立っている。机を戻しかけていた優花ちゃんたちは、それを見てぴたりと動きを止めた。目が一気にかがやき、色めきたつ。
「ちょっと話したいんだけど、今いいかな？」
「……うん」
　ちらりと春菜ちゃんを見ると、短くウインクをされた。あとのふたりもヒソヒソ話をしている。聞こえないけれど、話している内容はかんたんに想像ができた。

　宗田くんのあとについて廊下を歩く時間は長く、足取りも重たかった。自意識過剰だけれど、みんなが私たちのことを見ているように感じる。話しているのも、私たちのことを噂しているように感じる。
　やはり、中３の時と一緒だと思った。好き勝手に想像されて、好き勝手にその想像を押しつけられて、それとちがうほうを選ぶと、きっと非難される。経験から、もうわかっているんだ。
　校舎裏に着くと、ようやくまわりの目から解放された。雨は降っていないものの、この時期特有の湿った空気に草のにおいがまざっている。

コンクリートの階段が3段あり、私たちは少し距離を取ってそこに腰を下ろした。
「なんか、ちょっと噂になってるね。ごめんね、教室で話しかけられると嫌かなと思って、連れ出しちゃって」
こちらを見た宗田くんが、眉を下げて微笑んだ。私は座った両膝に両手をのせ「ううん」と首を横に振る。宗田くんの耳にも、やっぱり入っていたみたいだ。
「こっちこそごめん、友だちに目撃されて、広まっちゃって……」
「真鍋さんは全然悪くないよ。ただ、前みたいに話せなくなったのは残念だけど」
照れずにそんなことを言う宗田くんに、私はうつむく。あいかわらず優しくて、気配り上手だ。
優花ちゃんたちからさんざん言われてきたことが、頭によみがえった。こんなにいい人に想ってもらえるなんて、こんなにみんなから人気の人に告白されるなんて、めったにないことだ。
カレンダーには芝崎くんとの恋愛予定はのってなくて、宗田くんとの予定だけが書かれていた。噂も広がったし、まわりの空気的にも、宗

田くんの告白にOKするほうが正解なのだろう。
　だって、中3の二の舞になる。宗田くんも、優花ちゃんたちも離れていって、まわりからは白い目で見られ、また孤立してしまう。後悔する毎日が待っている。
　だけど、私は……。
「それでさ……返事はすぐじゃなくていいって言ったんだけどさ」
　宗田くんの声が、わずかにかたくなった気がした。視線を合わせると、真剣な目をしている。
　私は、両膝のスカートの上で、こぶしをぎゅっと握った。
「真鍋さんの気持ち、今聞かせてもらってもいいかな?」

　放課後、ホームルームが終わり、部活に行こうと帰り支度をしていると、優花ちゃんたちが私の席に集まってきた。3人がにこにこして私を囲む。
「ねぇ、どうだった?　なんて返事したの?」
「交際開始?」
　昼休みに教室に戻るとすぐにチャイムが鳴ったし、午後は選択授業で別教室だったため、3

人と話す時間がなかったのだ。私が宗田くんに呼ばれてから、ずっと気になっていたのだろう。
　私は肩にかけているバッグの持ち手をぎゅっと握り、教室を見まわす。宗田くんも芝崎くんも部活に向かったあとだというのを確認した。
「あー……えっと……」
　こういうふうに聞かれることはわかっていたので心の準備はしていたけれど、喉の奥がぎゅっと締まったような苦しさを感じる。肩にも力が入り、緊張の解き方がわからない。私はやっとのことで声を出した。
「……断ったんだ」
　正直に言うと、2秒ほど沈黙が生じた。けれどそのあと、3人いっせいに声を上げる。
「嘘でしょ!?」
「なんでっ?」
「ありえない！」
　その声の勢いと大きさに、私は首をすぼめて左目をつむった。まだ教室に残っていた数人の女子がこちらに注目する。でも、優花ちゃんはそんなことなどかまわずに続けた。
「理由は？」
「えっと……実は、他に好きな人がいて」

声が震える。話しながら、語尾がどんどん小さくなっていく。
「ええっ？　だって、いないって言ってたじゃん！」
「最近、自分の気持ちに気づいたっていうか」
　私の机が、裁判の被告人席のようだ。優花ちゃんは私の机に両手をつき、なおも詰め寄ってくる。
「だれ？」
　その目の鋭さに、私は一歩あとずさった。椅子に引っかかり、ガタンと音が響く。逃げ場がない。
「宗田くん以上の人っている？」
　美沙ちゃんも、納得いかない顔をしている。春菜ちゃんも小刻みに顔を横に振っている。
　あからさまに否定的な態度を見せる３人に、私の足はすくんだ。こめかみを冷たい汗が伝う。でも、芝崎くんの名前をここで出すのは、嫌だった。どうしても、嫌だった。
「い、言いたくない」
　声をしぼり出すと、３人は信じられないようなものを見る目を向けてくる。身長は変わらないはずなのに、３人が１枚のとてつもなく大き

な壁に見えた。
「えー？　どうして？　教えてくれてもいいじゃん」
「応援するって言ってるし、人にバラしたりもしないって」
「そんなに信用ない？　私たち。ちょっとショックなんだけど」
　３人が口々に言って、私は自分がどんどん小さくなっていく感覚に陥った。何を言っても裏目に出る気がする。でも、３人は責め立てるようにああだこうだと言ってくる。
「ねぇ、千奈美ちゃん、友だちなんだから、教え……」
「言いたくないことを無理やり言わせようとするのって、友だちじゃないと思う！」
　あ……。
　尋問がぴたりと止み、教室内の音が一瞬でなくなった。固まった３人、そしてそのまわりにいた人たちに注目されたことで、今自分が言ってしまったことに気づく。
　ど、どうしよう……。取り返しのつかないことを言ってしまった。
　そう思って一瞬ひるむと、その隙を突くかの

ように、優花ちゃんが眉を歪ませて口を開く。
「信じられない。私たちは千奈美ちゃんのことを思って……」
「よく言うわね。自分たちの期待ばかり押しつけておいて」
 すると、ななめ後ろから声が聞こえた。見ると、藤間さんだった。腰に右手を置き、顔をしかめている。
 しんとした空気が続く。遠巻きに見ているクラスメイト数人も、息を止めているように静かだ。
「え？ なんで藤間さん？ 関係ないんだけど」
「話を聞いてたってこと？」
 優花ちゃんと美沙ちゃんが、藤間さんへと体を向ける。挑発的な態度の藤間さんに対抗して、ふたりとも腕組みをして仁王立ちになった。けれど、藤間さんは全然動じない。
「声が大きいから、嫌でも内容がわかるわ。真鍋さんのプライバシーについて、もう少し考えたほうがいいんじゃないの？」
「盗み聞きじゃん。勝手に聞いといて、よくそんなこと言えるよね？」
 春菜ちゃんも臨戦態勢になり、私はあわてて

藤間さんと3人の間に入った。
「ちょっと待って！」
　けれど、そこから言葉が出てこない。こういう時、どう言ったらいいんだろう。正解が全然わからない。
「えっと、部活、急がないといけないから……ごめん！　藤間さん、行こう！」
　苦しまぎれでそう言った私は、藤間さんの腕をつかみ、急いでその場を離れた。飛び出すように教室をあとにして、廊下を走る。
　宗田くんの告白を断って、優花ちゃんたちに歯向かって、藤間さんと一緒に走っている私。自分がこんなことをしでかしたなんて、信じられない。
「痛いわよ、真鍋さん。離して」
「あぁっ、ごめん。力が入ってた」
　ふたりで横並びで走りながら話す。彼女としゃべるのは、あの日以来だ。
『言っとくけど、私は、自分の言いたいことを言えないような友人なんていらないわ。そんなの、友人じゃないもの。本音を言って離れていくような人も、友人なんかじゃない。そんな友だちごっこをするくらいなら、ひとりのほうが

マシ』

　そんなことを言われ、しばらく口をきいていなかったんだ。

　昇降口まで走ってようやく止まり、肩を上下させながら息を整える私たち。膝に手をつきながら顔を合わせると、まだ怒った顔をしている藤間さんを見て笑みがこぼれた。

「ハ……ハハ」

「何笑ってるの？」

　ハァハァ言いながら顔を真っ赤にしている藤間さんは貴重だ。彼女はいつも、涼しげな顔をして飄々としている。

「だって、藤間さんが間に入ってくれるとは思ってなくて」

「理不尽すぎて腹が立ったのよ。ていうか、真鍋さんも逃げずにもっと言い返しなさいよ。ちゃんと教えてあげなきゃ、あの人たちのためにもならないわ」

　藤間さんは部外者のはずなのに、私をかばってくれた。『心配して損したわ』と言って私に愛想を尽かしたと思っていたのに、私のためにあの３人の理不尽を証明しようとしてくれた。私は、それがうれしかった。

優花ちゃんたちとの雰囲気はあきらかに険悪になったし、これから私と3人の関係が変わることは避けられないはずなのに、なぜかすっきりしている自分がいる。
「まぁ、でも、真鍋さんが自分の意見をちゃんと言ったところは、評価できるわね。ようやくだけど」
　藤間さんはそう言って、くつ箱を開けた。なかからローファーを取り出し、履き替えはじめる。
「そんなふうに、もっと自分を出すべきだわ。たとえ離れていったとしても。だって……」
「本音を言って離れていくような人は、友人じゃないから？」
「……そうよ。わかってるじゃない」
　藤間さんの台詞を横取りすると、彼女はフンと鼻を鳴らした。私は、ふふ、と笑ってしまう。
「藤間さん、ありがとう」
「お礼を言われる筋合いはないんだけど？」
　私もくつに履き替え、先を歩く藤間さんに早歩きで並び、体育館へ向かう。藤間さんは全然笑っていなかったし、最後までプリプリしていたけれど、私の胸はなんだかあたたかくなった。

部室で着替え、体育館に着くと、すでにバスケ部はウォーミングアップをはじめていた。今日は、バスケ部と体育館練習が同じ日だ。男子集団のなかに、宗田くんと芝崎くんを見つける。
『真鍋さんの気持ち、今聞かせてもらってもいいかな？』
　私は、昼休みに宗田くんに告白の返事をした時のことを思い出した。あのあと、どうしても自分の気持ちに嘘をつきたくなくて、断ったのだ。
『ごめん。他に好きな人がいて……』
『そっか』
　宗田くんはうなじを押さえながら『うん』とうなずいた。たがいに無言になり、宗田くんは私の返事をかみしめるように、遅れてもう１度ゆっくりうなずいた。
『薄々そうじゃないかな、とは思ってたんだよね。だからあせって告白したんだ』
『え？』
『僕の予想が正しければだけど、けっこう僕の身近にいる人でしょ？　好きな人って』
　きっと芝崎くんのことを言っているにちがい

ない。私は、うんもううんも言えずに、口を真一文字に閉じた。でも、顔が紅潮していくのがわかる。宗田くんにもバレバレだっただろう。
『なんかさ、ダメもとってわかってても、言いたかったんだよね』
　宗田くんは、眉を下げながらふわりと微笑む。
『すっごく緊張したし、こんなふうにぎくしゃくするかもってわかってたけど、それでも伝えたかった』
『……うん』
　それしか言えない自分がもどかしい。でも、なんて返せばいいのかわからない。ただ、宗田くんの気持ちはちゃんと伝わったということを示したくて、
『ありがとう』
　と小声を返す。
『でも、このまま、もう普通に話せなくなるのはやっぱり嫌だな。……できれば前みたいに話してもいい？　すぐには無理だと思うけど』
『……わかった』
　最後はふたりとも微笑み、少し時間をずらして教室に戻った。
　つくった笑顔はぎこちなかったし、きっと宗

田くんもそうだっただろう。『前みたいに』が無理なのは、たがいにわかっているのだから。それでも、そう言ってくれたことはやっぱりうれしかった。

準備運動をしながら、胸のなかをすきま風が通ったような、ほんの少しさびしい気持ちでバスケ部を眺める。すると、あのマネージャーのナオという女子が芝崎くんに近づいていくのが目に入った。

首にかけたストップウォッチを手に持ち、芝崎くんに声をかけるマネージャー。ストップウォッチの調子が悪いのか、タイムを伝えているのか、芝崎くんはそれをのぞきこむようにして一緒に見ている。

……あぁ、嫌だな。

芝崎くんはクラスではあんまり笑わないのに、マネージャーとは慣れているからか、時折目を合わせて笑い合っている。しかも、彼女はかわいいのだ。笑顔だと３割増しでかわいく見える。

私が彼女の気持ちを知っていることもあって、ふたりの距離の近さに、モヤモヤがどんどん募っていく。以前はふたりでいるところを見てもここまでは思わなかったけれど、気持ちを自覚

してからは直視したくないほど胸がざわめいてしまう。自分の心がどんどんせまくなっていくのがわかる。

　あの子、もうすぐ告白するんだよな……。芝崎くん、なんて返事をするんだろう。

「……あれ？」

　私は何かを忘れている気がして、前屈している体を一時停止した。

『俺はいるよ、好きな人』

　芝崎くんの声が、記憶の隅から顔を出した。そうだ、芝崎くんには好きな人がいるんだ。だから、マネージャーからの告白を受けるとは限らないのではないだろうか。

　そうそう、好きな人のヒントも聞いていた。

　──『髪の長さは肩上』

　──『勉強はできるほう』

　──『体育館』

　３つのヒントを思い出し、じわじわとその時の胸の高鳴りが戻ってくる。だって、その３つとも、今のところぜんぶ私にあてはまっているからだ。まぁ、勉強に関しては、国語だけ飛び抜けているものの、他は中の中なんだけれど。

『ナオはいつも学年一桁じゃん？』

告白の返事と、好きな人のヒント

　……ん？
　上体を起こして、もう一度バスケ部マネージャーのほうを見た。芝崎くんとはすでに離れていたけれど、もうひとりのマネージャーとはしゃぎながらしゃべっている。
　そのサラサラ髪は肩につくかつかないかのボブヘアで、長さは私と変わらない。
「肩上の髪……勉強ができる……体育館……」
　くり返しつぶやくと、隣で柔軟運動をしていた藤間さんが、
「何ボソボソ言ってるの？　それに、さっきから前屈しかしてないわよ？」
　と怪訝そうな顔をした。
「……ぜんぶ、あてはまってる……」
「意味がわからないわ。なんのこと？」
　そうだ。今気づいたけれど、ヒントは私だけにあてはまっているわけじゃない。あの時はカレンダーのこともあって浮かれていたから自分だと思いこんでいたけれど、そんな人は他にもたくさんいるんだ。
　そして、そのなかでもいちばん可能性の高い人は……。
　ナオというマネージャーを凝視して、彼女と

芝崎くんとの関係を整理してみる。１年生の時からバスケ部で一緒で、試合とか合宿も一緒に行っているはずで、１年生では一緒のクラスで、三角コーンも一緒に持っていたし、ストップウォッチも一緒に見るし、一緒に笑い合うことも多くて……。
　"一緒"という言葉のオンパレードで、くらりとめまいがした。なんで気づかなかったんだろう、芝崎くんの好きな人としていちばん可能性の高い人は、マネージャーにほかならないということに。
　だとしたら……。
「真鍋さん、今日はもう休んだら？　顔色も悪いし、様子もおかしいわ。まぁ、いろいろあったからしかたないけど」
　芝崎くんの好きな人は、あのマネージャーだ。
「ねぇ、聞いてる？　大丈夫なの？」
　藤間さんに肩を揺らされ、私は力なく、
「……大丈夫じゃない」
　と首を横に振る。いくつものバスケットボールの弾む音が、まるで耳鳴りのように響き続けていた。

告白の返事と、好きな人のヒント

「はぁー……」
　きっと、ひと月でこんなにため息をもらしたことはなかっただろう。夜、湯船に浸かりながら、私は芝崎くんとの今までのことを思い出していた。
　中３の夏まで友だちとして仲が良かったこと。夏祭りがきっかけで疎遠になったこと。高２になって、また話ができるようになったこと。
　そして、また話すようになってわかった、さりげなく気づいてくれるところ、実は優しいところ、人にも自分にも正直なところ、人の気持ちを明るくしてくれるところ。
　きっと、中３の時からそうだったのだろう。でも、あのころは友だち関係で十分楽しかったし、それがずっと続くと思っていた。いや、もしあのできごとがなくて友だち関係が続いていたら、遅かれ早かれ好きになっていたのかな。
　……そしたら、今の関係はまたちがっていたのだろうか。
　無意味なことを考えながら、あごを上げて浴室の天井を見上げる。すると、ポツンと水滴が落ちてきた。湯船の水面に波紋ができ、あの雨の日のことも思い出す。

『あとは、自分が変わればいいだけなんだろ?』
『あれ、うれしかった。今でも覚えてる』
　あの時の芝崎くんの声も表情も、鮮明に覚えている。あの時自覚した胸のドキドキも、今鮮明に再現される。
　だからこそ、これから起こることを考えると、心が苦しい。流れから考えると、うまくいくに決まっているんだ、芝崎くんとマネージャーとの恋愛予定は。
「はぁー……」
　両手で顔を覆うと、カレンダーが浮かんだ。毎日チェックしているけれど、あれ以来なんの予定も追加されていないカレンダーが。
　あの子が告白すると言っていたのは、バスケの試合の日、今度の土曜日だ。

　その日は、私の失恋予定日になるのかもしれない。

あの夏の答え合わせ

6月20日（木）

「おはよう、優花ちゃん」
「おはよ」
　翌日の朝、昇降口で会った優花ちゃんは、それだけ返してそっけなく階段を先にのぼっていった。教室に入ると、美沙ちゃんと春菜ちゃんもそんな感じだった。
　……あいさつを返してくれるだけ、まだいいか。
　中３の時の女子たちの露骨な無視を思い出し、自分に言い聞かせる。きっと、しばらくこんな感じは続くのだろう。もう、仲良く話すこともないかもしれない。
　昼休みに入り、教室の自分の席でひとりお弁当を広げていると、咳払いが聞こえた。ななめ後ろの席の藤間さんからだ。振り返ると、ばっちりと目が合う。
「一緒に食べてもいいわよ？」
　藤間さんは、ツンとあごをななめに上げてこちらを見ている。気をつかわれているのはわかるものの、上からの言い方とその顔に吹き出してしまった。

「ふふ、何、その言い方。それに、咳払いで人を呼ぶとか」
「ちがうわよ。声をかけようとして咳払いしたら、先に真鍋さんが振り返ったんじゃない。それで、食べるの？　食べないの？」
「食べるよ。ありがとう」
　そんな会話をしながら、ふたりで机をくっつける。きっと、優花ちゃんたちは、私たちふたりのことを横目で見ているだろう。けれど、もうどうでもいいやと思えた。不思議と、まわりの目も気にならない。
　前は、優花ちゃんたちと同じ考えでいなくちゃと思い、ひとことひとことに気をつかっていた。そして、そのあとの彼女たちの反応が気になってしかたなかった。
　でも、なぜだろうか、藤間さんには思ったことをすんなり言うことができる。そして、藤間さんの言い方にも慣れて、いちいち傷つかなくなった。むしろ、はっきり言ってくれて気持ちよくもある。
　ああ、自分らしくいられることも、それを受け止めてくれる人がいることも、すごく幸せなことなんだな。ようやく「ありのままの自分」

になれたような気がして、少し誇らしい気持ちになる。
「藤間さんも、一応心配とかしてくれるんだね」
「失礼ね、私も人間よ？ それに、部活の時の真鍋さんが、あまりにもおかしかったから気になってたの」
　それは、芝崎くんとマネージャーのことを考えていたからだ。とは、はっきりと言えない。
「藤間さんて、周囲のことをちゃんと見てるし、なんだかんだ言って優しいよね。それに、自分の意見をしっかり伝えられて尊敬する。かっこいい」
「そっ、そういうふうにふいにほめられるととまどうわ。やめてちょうだい」
　照れたのか、藤間さんはお弁当をパクパク食べはじめた。私はそんな藤間さんが少しかわいく思えて、ふふっと笑う。そして、芝崎くんの席をちらりと見た。今日も学食で食べているのだろう、その席にはだれもいない。
「藤間さんは……好きな人とかいる？」
「いるわよ。タカトに決まってるじゃない」
　相談した私が悪かった。藤間さんはこういう人だった。私は拍子抜けして額を押さえる。

「もしかして真鍋さん、友人関係のことじゃなくて、好きな人のことで悩んでて、部活の時変だったの？」
「え？」
　言いあてられて、私はわかりやすくうろたえた声を出してしまった。藤間さんは意外なものを見たかのような顔をして、次の瞬間、吹き出した。
「悩みを聞いてほしいなら聞くわよ。だれかとは聞かないし」
「……うーん」
「嫌ならいいわ」
「ちょっと待って！　やっぱり聞いてほしい」
　藤間さんは「めんどくさい性格ね」とあきれながらも、私の話を聞いてくれた。
　こんな話を人にするのは初めてで、照れくさい。でも、聞いてもらえてうれしくもある。そうか、これが恋バナというやつなのか。
「えーと……？　好きな人がいて、その好きな人が、その好きな人を好きな人から告白されそうで、それが両想いになりそうってこと？」
「うん」
「名前がないとわかりづらいわね。頭がこんが

らがりそうだわ」
　藤間さんは目頭を押さえる。私は「ハハ」と頭をかいた。
「私はリアルな恋愛をしたことがないから具体的なアドバイスはできないけど、とにかく、ひとつ言えることがあるわね」
「何？」
「告白されそうだの、両想いになりそうだの、まだ不確定なことで悩むのはバカらしいってこと」
　藤間さんの言葉に、私は大きな瞬きをひとつした。ざわついた教室内の音が、私のなかでだけ急に聞こえなくなる。
「私もね、タカトの情報を集めてると、フライング情報とか、ファンの人たちの思いこみ情報とか、ネットで大げさに書かれた情報とか、よく目に飛びこんでくるの」
　藤間さんは、急に人差し指を立て、声優のタカトの話をはじめた。
「でもね、"かもしれない"ってだけで一喜一憂しても、現実は全然ちがったりする。そうすると、あんなに喜んだり心配したりした時間はなんだったの？　ってなるわけ。それをくり返して、悟りを開いたの。タカト本人の口から公式

発表があるまでは、私は何も信じないって」
　藤間さんの目には、熱いものが宿っている。まるで先生のような説得力だ。
「わかったでしょ？　まだ確定していないことで悩んだり時間を使ったりするのは、結局ムダなのよ」
「うん……」
　頭のなかを風が吹き抜け、カレンダーがめくられる音がする。目から鱗を落とした私は、腕組みをしてうなずいている藤間さんが同じ高２だとは思えなかった。
「藤間さんて……なんでそんなに大人なの？」
「経験なしに成長なし。推し活も立派な経験なのよ」
　決め顔をつくった藤間さんに、私は吹き出してしまう。「何よ？」と怒られたけれど、むしろ、その表情が愛らしいとさえ思った。

　今日は部活がない日だ。日直だったため帰りのホームルーム後に日誌を先生に届けた私は、昇降口へと向かう。
　少し時間がずれると、くつ箱はもぬけの空だ。カタン……とすのこを踏む音が昇降口に静かに

響く。
「今帰り？」
　くつに履き替えると、すぐそばの階段から声が聞こえた。芝崎くんが階段を下り、こちらへ向かってくる。
「うん。芝崎くんは今から部活？」
　芝崎くんへの気持ちに気づいた日以来、あいさつ以外でちゃんと話すのは初めてだ。無意味に制服の裾を整えてみる。
　芝崎くんは、上履きをくつ箱に入れてスニーカーを落とした。
「いや、休みになった。本当は今日、南川体育館で他校と合同練習する予定だったんだけど、そこの外壁の一部が落ちてきたらしくて」
「そうなんだ。たしかにあそこ、老朽化してるもんね」
　くつを履き終えた芝崎くんと、昇降口から出る。校門へと並んで歩きながら、あれ、もしかしてまた一緒に帰るのかな、と目が泳ぎ出す。
「１週間くらい利用できないらしくて、今度の試合もそこでやる予定だったから、急遽中止になった」
「今度の試合って……土曜日の？」

「そう」

　うなずく芝崎くんの横顔を見て、私は「ふーん」と言いつつ、内心ほっとしていた。ということは、あのマネージャーの告白が先延ばしになったからだ。

　校門を出ると、やはり同じ方向へそのまま並んで歩く。この前はコンビニに寄ったらしいから私の家の近くまで一緒だったけれど、芝崎くんの普段の帰り道を考えたら、あと５分もたたずにバイバイだ。それでも、このちょっとした偶然がうれしい。

　ただ、何を話したらいいんだろう。席が前後ろの時はたわいない話ができていたのに、なかなか話題が浮かばない。この前みたいに傘がないから、頬の赤みを見られるのもはずかしい。

「そういえばさ、この前、いろいろうまくいかない、って言ってたけど、どうなった？　変わらず？」

　そうだ、あの雨の日に、芝崎くんに少しだけ弱音を吐いたんだった。思い出して「あぁ……」とうなずく。

　あの時は、宗田くんからの告白や優花ちゃんたちのことで悩んでいたり、藤間さんに部室で

八つあたりしたりと、いっぱいいっぱいだった。
「うまくいったわけじゃないけど、少しずつはいいふうに変わってきてるかなと思う」
「へぇ、前進してるんだ」
「うん」
　芝崎くんが、あとは自分を変えるだけだと言ってくれたおかげかもしれない。そう言いたいけれど、なんだか照れくさくて黙ってしまう。
　歩道を歩いていると、コインランドリーから車が出てきて、ふたりとも立ち止まった。運転席のおばさんが、私たちを見てにこにこしながら車道へ出ていく。
　もしかしたら、カップルだと思われたのかな。そう思うと、胸がくすぐったかった。
「芝崎くんもさ、うまくいかなかったことってある？」
　また歩き出し、話題を戻す。言ってから、なんてぼんやりとした質問なんだと思ったけれど、芝崎くんは、
「そりゃ、あるよ」
　と即答した。
　歩道脇には紫陽花が連なって咲いている。赤紫、青紫、水色、白、それだけじゃ表せないグ

ラデーションの様々な色が、帰り道を彩る。瑞々しい葉も、濃い緑から薄い黄緑まで様々だ。
　芝崎くんは、それをしばらく眺めながら、歩調を遅くした。
「たとえば……」
　横顔を見上げると、ふいにその顔が正面になった。目が合ったから首をかしげると、芝崎くんは真顔で口を開く。
「中３の時、真鍋が孤立してることに気づきながら、何もできなかった」
　まさかそんな話題が出るとは思わなかったので、
「それは……」
　と口ごもる。
　だって、それは、どうしようもなかったことだ。今になって考えたら、まわりのせいだけにできない。私自身も、うまくやれなかったのだから。
「夏祭りの日のこと、話してもいい？」
　歩くペースはゆっくりのまま、芝崎くんはぽつりと尋ねた。
「……うん」
　自分の足もとを見ながら返事をする。今まで

何回かこの話題が出てきたけれど、いつもちょっとだけだった。改まった芝崎くんの様子に、何を言われるのだろうかと息をのむ。
「あの日、みんなが来なくてふたりきりになったの、俺のせいなんだ」
「……え？」
　それは、芝崎くんが、私のことを好きだと言ったからだろうか？　もしかして、芝崎くんも一緒になって計画してたってこと？
　過去の自分にとっては、その共犯は嫌なことかもしれないけれど、今の自分にとってはうれしくもあり、複雑な心境だ。
「男子内で好きな子の話になった時、本当はそんなのよくわからなかったのに、ただいちばん話す女子ってだけで真鍋の名前を出しちゃったから」
　"ただいちばん話す女子ってだけで"……？
　一瞬その言葉の意味をうまく飲みこめなくて、瞬きをした。
　……え？　よくわからなかったってことは、べつに好きな子はいなかったってこと？　そして、適当に私の名前を出したって……こと？
「でも、そのせいで、友だちの間で、俺と真鍋

を夏祭りでふたりきりにしようって計画が立ち上がったらしくて……。そのことを知ったのは、待ち合わせの時だったんだけど、もう遅くて」
『なんか、ごめん』
　花火の光に照らされながらそう言った、中3の芝崎くん。その真意が今、初めてわかる。あの『ごめん』は、好きじゃないのにこんなことになってしまって『ごめん』だったのだと。
「誤解を解こうとして、あのあとみんなに説明したんだけど、信じてもらえなかった。それに、女子たちも説得したんだけど、もうケンカしたあとだから遅いし意味ないって言われて、聞いてもらえなかったんだ。あの時は、どうやっても伝わらなくて、うまくいかなくて」
「…………」
「本当にごめん」
　知らなかった。私がどうやってもうまくいかなかった裏で、芝崎くんも同じように悩んでいたことも、そして行動してくれていたことも。
「ずっと気になってたし、謝りたかったんだ。でも、話しかける雰囲気じゃないし、そうこうしているうちにタイミングを逃して……。だから、高2になってまた真鍋と話せるようになって、本

当によかったと思ってるんだ」
　私は何も言えずに、繰り出す足をひたすら見る。
　芝崎くんに謝ってほしいなんて思ったことはまったくなかったし、また話せるようになってうれしいのはこちらこそだ。問題なんて、ひとつもないはず。
　なのに、心の奥底からじわりじわりとしみ広がっていく苦い気持ち。私はザッザッと定期的なくつ音に集中して、その雑念を消そうと努める。
　……そうか。最近よく話しかけてくれていたのは、そういう理由だったんだ。それなのに私はひとり浮かれて……バカみたいだ。
「真鍋、怒った？」
　芝崎くんに聞かれ、私はかぶせるように話し出した。
「怒ってないよ。だって、芝崎くんのせいじゃないもん。そういうふうに、なんとなくで名前を出しちゃうこととか、よくあることだし」
　そうだ。高2になった私だって、みんなに合わせて宗田派とか言っちゃうくらいなのだから。
「それに、なんだかんだ言って、結局、計画を

立てたのはあのメンバーたちだったんだし」
　ひとことひとこと、まるで自分に言い聞かせるように話す。
「芝崎くんは、ちゃんと説明とか説得とかしてくれてたんだし」
　藤間さんと雰囲気が悪くなった時に言われた『わだかまりは、小さいうちに早めに解くに限るだろ』という言葉も、当時の芝崎くんの罪悪感から出たものなのだろう。そういう優しさを持っている人だ。
　わかっている。わかっているけど……。
「だから、芝崎くんは全然悪くないし、謝る必要なんてない」
　芝崎くんが私のことを好きだったわけじゃないってことが、2年も前の話なのに、つらい。つらくてたまらない。
　うっかり涙が出てきそうで、私はうつむいていた顔をぶんと上げ、無理やり笑顔をつくった。
「それに、私もまた芝崎くんと話せるようになって、うれしいし！」
　そう言うと、芝崎くんはゆっくりと立ち止まった。気づくと、公園の前だった。芝崎くんはここの角を曲がるはずだから、さよならだ。

「真鍋……あのさ」
「芝崎くん！」
　芝崎くんが口を開いたのと、公園の駐車場入口から女子の声が聞こえたのは、ほぼ同時だった。ふたりでその声のした方向を見ると、ひょっこりとうちの学校の制服の女子が現れる。
　それは、バスケ部のマネージャーの、あのナオという子だった。
「よかった！　ここ通るはずだと思って待ってたんだ」
　マネージャーは、芝崎くんに笑顔でそう言いながら、ちらりと私のほうを見た。芝崎くんと一緒に帰ってきたから、だれだろう、なんでだろう、と気にしているのがわかる。
「どうした？　何かあった？」
　目の前まで来たマネージャーと向き合い、芝崎くんはきょとんとしている。すると、マネージャーはまた私を一瞬見てから、遠慮がちに芝崎くんへ上目遣いをした。
「えーと……ちょっと話したいことがあって」
　ピンときてしまう自分が嫌だ。週末の試合もなくなってしまったし、テストも終わったし、タイミング的におかしくない。ちょっとずつ鼓動

が速まり出す。
「…………」
　これは、おそらく……いやぜったい、告白だ。先延ばしにするとばかり思っていて、早める可能性だってあるってことを考えていなかった。
　どうしよう、嫌だ。でも、そんなことは言えない。そして今、この場にいるのがじゃまなのは、まちがいなく私だ。
「あ……じゃあ、私、こっちだから、またね！」
　私は逃げるように手を振り、横断歩道を渡った。心拍数がみるみる上がっていく。あのふたりが話しはじめるのを見るのが怖くて、振り返りたくない。
「はぁっ……はぁっ……」
　気づけば、走り出していた。景色が、私の気持ちみたいにぐちゃぐちゃに目に飛びこんできては、流れていく。
　芝崎くんは、中３の時もべつに私のことなんて好きじゃなくて、芝崎くんの好きな人のヒントはあのマネージャーにぴったりで、あのマネージャーは今から芝崎くんに告白して、それで……。
「はぁっ、はぁっ……っう」

息の苦しさからか胸の痛みからか、涙がにじんできた。走っているせいで、その涙が細い線となり、目尻からこめかみへ、そして耳の裏へと伝っていく。喉の奥がつぶれたかと思うくらい痛くて、口もとが歪む。今、ぜったい変な顔をしている。
「はぁっ、はっ……うぐっ」
　苦しくてたまらなくなり、ようやく走るのをやめた私は、ゴホゴホと咳をした。鼻をすすりながら目をこすると、また新しい涙がにじんでくる。そして、苦い気持ちがこみ上げてくる。
「ニー……」
　その時だった。聞き覚えのある鳴き声に、膝に手をつき肩で息をしていた私は、ハッと顔を上げる。まわりを見まわすと、ちょうどあの神社の目の前だった。
「ニー、ニー……」
　いつかの甲高い猫の鳴き声。鳥居の近くの桜の木を見上げると、また同じ場所から下りられなくなっている白い仔猫がいた。少し大きくなっている気がする。
「また……下りられなくなったの？」
　息を整えながら木に近づき、仔猫に問いかけ

る。私は前回と同じようにその木の下まで行き、手を伸ばそうとした。
　けれど、後退姿勢で後ろ脚から下りようとしていた仔猫が、一度脚を戻して太い枝の上で体勢を変える。そして、勢いをつけるようにお尻を上げたかと思うと、タッとジャンプをした。
「わっ！」
　私の声にもおどろいたのかもしれないけれど、また境内のほうへ走り去っていく白い仔猫。そのスピードは前回よりも速い。
　……そういえば、恋愛予定を教えてくれるという夢を見たのは、あの仔猫を助けた日の夜だった。
　思い出した私は、
「待って！」
　と大声で仔猫を呼び止める。
　仔猫は、草むらに飛びこむ直前にビクッと止まり、反射的にこちらを見た。
「お、お父さん……いや、お母さん？　えーと、親猫さんと話がしたいんだけど！」
　傍から見たら、猫に話しかける変な人だ。でも、あのカレンダーの予定について、どうしても聞きたいことがあった。

「ニー」
　けれど、仔猫はそう鳴いただけで、茂みの奥へ駆けていき、見えなくなった。そして、何もなかったかのような静寂が戻ってくる。
　……そうだよね。無理だよね。
　鼻で息をついた私は、肩を落とした。
　さあっと大きな風が吹き、木々が揺れる。目もとをこすると、もう涙は乾いていた。ただ、心だけは重たいままで、踵を返した私は、とぼとぼとうつむきながら家へと帰った。

告白予定日

自分の部屋に着くと、まるでベッドに吸いこまれるように倒れこむ。心も身体もひどく疲れていた。
「あぁ……ホント、嫌だなぁ」
　逃げることしかできなかった自分、でもそれ以外何もできなかった自分。考えなければいいのに考えてしまう自分、考えたところで結局何も解決しない自分。
　まるで、わざわざ悩むために思い出したり考えたりしているみたいだ。何も変えることはできないのに、芝崎くんとマネージャーがふたりでいるさっきの場面が、消そうとしてもまた頭のなかに引っ張り戻される。
　私は枕を抱きしめ、無理やり目をぎゅっとつむった。まぶたの裏で光のようなものがパチパチと弾ける感覚と、深い沼にゆっくりと落ちていくような感覚に身を委ねる。
『ニー……』
　……あれ？
　また、あの仔猫の鳴き声がした気がして、私はあたりを見まわした。霧に包まれているような薄ぼんやりとした神社や木々に、ふと思い至る。

告白予定日

　ここ……前に見たことがある。
　見上げると、やはり鳥居があった。あの夢と、まったく同じ状況だ。
『55日ぶりですね』
　鳥居の真下には、白い仔猫と、そのひとまわりほど大きい白猫。そう、例の親猫がしゃべっている。
　私は両手を結んで猫の近くに走り寄り、しゃがみこんだ。
『親猫さん！　よかった、会えた！　ありがとね、仔猫ちゃん』
　仔猫は近づいた私に少々怯えているのか、耳を伏せ上目遣いでニーと返事をする。
『私に話があるということですが、どうされたのですか？』
『あー……うん、えぇと……』
　私は頭をかいた。聞きたいことは聞きたいのだけれど、これを言うのはちょっと情けない気がして、ためらってしまう。
『ないなら、いいです。さような……』
『ちょっと待って！　帰らないで！』
　前回同様、引き上げの早い猫をあわてて引き止める。藤間さんとも、今日、似たようなやり

とりをした気がする。
　私はコホンと咳払いをし、両膝を握る手にぎゅっと力をこめた。
『わ、私には、本当に今後しばらく恋愛予定がないの？』
　すると、猫は無表情で私をじっと見た。きれいな目に吸いこまれそうだ。
『約束通り、お教えしたはずですが』
『だって、この先のことは全然カレンダーに書かれてなかった。ていうことは、カレンダーが切れる12月までは、私の恋愛イベントは何も起こらないってことなんでしょ？』
　猫は私と目を合わせたまま黙りこんだ。仔猫はペロペロと毛づくろいをはじめる。
『当たり前です。50日間だけのお約束でしたので』
『えっ？　何それ？』
　平然と言われた猫の言葉に、私は目を丸くした。"50日間"？　そんなの聞いていない。
『前回ここでお会いした時、最後に言いました。"では、明日から50日間だけ、恋愛の予定をお教えしましょう"と』
『最後に……？』

しだいに思い出してくる。そういえば、あの時は目が覚める直前で、お母さんから起こされる声のせいで、猫の声が聞きとりづらかったんだと。
『５日前の６月15日が、ちょうど50日目の期限でした』
『そ……そうだったんだ……』
　拍子抜けだ。でも、そうだよね。仔猫を助けたくらいで、一生分の恋愛予定を教えてもらえるなんて、そんなことあるわけがない。いや、50日分だけ教えてもらえたのも、ありえないことなんだけれど。
　ぶつぶつつぶやいていると、親猫が口を開く。
『それに、今後のあなたの恋愛予定は、かなり枝分かれしていくようで、私にはわかりかねるということもあります』
『え？』
『気持ちと行動しだいで、未来はだいぶ変わりますので。まぁ、恋愛に限らず、当たり前といえば当たり前なのですが』
　その猫の言葉が、トスンと胸を射抜いた。そう、そんなの当たり前だ。私だって、そんなことは当たり前に知っていたはずだった。

それなのに、なんでこんなに予定を知ることにこだわっていたのだろう。
『それでは、もうよろしいですか？』
『……はい』
　胸に手をあてた私は、呆然としながら返事をする。親猫は、まるで人間みたいに頭を下げた。そして、ほんのり笑ったような顔を上げて見せる。
『すてきな未来をおつくりくださいませ。さようなら』
『……さようなら』
　目が覚め、私はガバッと体を起こす。時計を見ると、さっきベッドに飛びこんでから１分もたっていなかった。夢だとしても短すぎる。幻だったのだろうか。
　けれど、そんなことはどうでもいい。私は立ち上がり、カレンダーの前へ駆け寄った。すると、今まで書かれていた文字が、すべて消えていた。もちろん、これから先にも何も書かれていない。
「まっさら……」
　そっと、カレンダーの日付をひとつひとつ指で横に滑らせ、辿っていく。数日前から今日の

告白予定日

日付までできて一度止め、ゆっくりと明日以降へとスライドさせた。

なるほど、昨日は今日につながっているし、今日は明日につながっている。

「……当たり前だ」

そう、当たり前。そうやって毎日が積み重なって、私の未来が出来上がっていく。今日、今、この一瞬、私が何か言ったり行動したりすることで、そこから先の予定がどんどん変わっていくんだ。

優花ちゃんたちに、好きな人を言いたくないと伝えたことを思い出す。あのことで、たしかに予定が変わった。"これから先もどうせこのままなんだろうな"が、がらりと変わったんだ。私が、変えたんだ。

「…………」

トクントクンと、心臓音が優しく主張しはじめた。自分の手のひらに目を落とし、指を閉じたり開いたりしてみる。

なんで、このカレンダーの予定通りじゃないといけないと思いこんでいたんだろう。自分から動いたらダメだって言われたわけでもないのに。

私はペン立てから一本のペンを取った。ごくりと生唾を飲み、今日の日付の下に文字を書きこむ。心臓の音が最高潮に高鳴り、指もかすかに震えたけれど、力を入れて、はっきり、しっかりと書いた。
　ふと、机の上のリップが目に入る。いつか買った、うるるんリップだ。私はそれを手に取り、姿見の前で唇に塗った。ほぼ透明だけれど、私自身の唇の色が瑞々しく鮮やかになる。それが、私の気持ちを奮い立たせた。
「よし！」
　次の瞬間、私は部屋のドアを開け、玄関へと走った。急いでくつに履き替えて、学校から帰ってきた道をそのまま逆走する。
「はぁっ、はぁっ」
　今日は何度も走っている。でも、今がいちばん足が軽い。
　――『人任せなのね、真鍋さんて』
　――『もっと自分を出すべきだわ』
　藤間さんに言われた言葉が聞こえる。そう、私はずっと受け身だった。中３の時に自己主張をしてまわりの人が離れていってから、自分の気持ちを素直に伝えることが怖くなっていたんだ。

だれかに言われた通りに、予定で決められた通りに、空気を壊さないように、流れを変えないように。そうやって過ごすのは、波風立たなくて楽だったし、傷つくことも少なかったのかもしれない。
　でも、そうすることで、何を得られたんだろう？　なりたい自分は、そんな自分じゃなかったはずだ。
『すっごく緊張したし、こんなふうにぎくしゃくするかもってわかってたけど、それでも伝えたかった』
『ずっと気になってたし、謝りたかったんだ』
　宗田くんだって、芝崎くんだって、藤間さんだって、自分の気持ちを大事にしているし、堂々として揺らがないように見えるけれど、でも、そう見えるからって、平気でやってのけているわけじゃないんだ。
　ちゃんと悩んで、ちゃんと努力して、ちゃんと勇気を持って、そうしているのかもしれない。
「はぁっ……はっ……はぁっ」
　信号のない横断歩道を渡ったら、さっき芝崎くんがいた公園だ。息を上げながら、白線前で止まる。左右を確認して車が来ないことがわか

ると、また走り出した。走るのをやめると、今の今までの勢いが消えてしまいそうで怖かったからだ。
"でも"とか"どうせ"って言葉が勇気を奪ってしまいそうになり、いつか芝崎くんからもらった言葉を思い出す。
『あとは、自分が変わればいいだけなんだろ？』
私は、まるでお守りを確かめるかのように胸に手をあてた。
そうだ、自分を動かして自分を変えていくのは、今ここにいる自分自身。一歩踏み出してこれからのできごとを生み出していくのは、ほかならぬ自分自身なんだ。

公園に着いた私は、駐車場の横を通ってなかに入った。あまり広さのないこの公園は、反対側の遊具のところに幼児とお母さんがいるだけで、他にはだれもいなかった。
……もう、帰ったんだ。
公園内を見まわし、脱力して肩を落とした私は、入口へと戻ろうとする。
「真鍋？」
すると、駐車場脇から芝崎くんが現れた。手

にはスポーツドリンクのペットボトルを持っていて、おどろいた表情をしている。
　……いた。
　芝崎くんに会いに来たはずなのに、いざ目の前にすると体が強張る。私は、緊張で不自然な笑顔にならないように「ハハ」と空笑いをした。
「芝崎くん、まだいたんだね」
「あぁ、マネージャーはさっき帰ったんだけど、喉が渇いたから自販機で飲み物買ってたんだ。そしたら、真鍋っぽい髪型の子が公園内に入っていくのが見えたから、まさかなと思って声かけたとこ」
　芝崎くんは、説明しながら自分の後頭部をチョンチョンとして見せた。私も顔を横に向けてウサギのしっぽみたいなその短い結び髪をチョンチョンとして見せる。すると、芝崎くんは、
「それ」
と言って短く笑った。
「ていうか、真鍋、汗かいてない？　これ、いる？」
　目の前まで来て、手渡されたペットボトル。ひんやりとした重みに、我に返って頭を振る。
「い、いいよ。芝崎くんが飲むんでしょ？」

「もう1本買ってくる。そこのベンチで飲んでて」
　芝崎くんはそう言って、駐車場の奥にある自動販売機まで走っていった。私は、予想外の展開にとまどいながらも、ゆっくりとベンチの端に腰を下ろす。
　3人がけほどのベンチは、横をツツジの植えこみに囲まれ、背後には高い木が立っていた。今日は天気もよく夕方だけれどまだ空が青々としていて、見上げる枝葉の木漏れ日が私とベンチに落ちてくる。
　私は芝崎くんの言葉に甘えて、ペットボトルに口をつけた。さっき懸命に走ったから、喉を通っていく水分が体にしみわたっていくようだ。
「で、どうしたの？　何かあった？」
　同じものを買ってきた芝崎くんが、私の隣に座りながら尋ねてきた。端と端だけれど、ようやく落ち着けたはずの心が乱されそうになり、私は小さく深呼吸をする。
「うん……えっと……さっきのマネージャーさん、もしかして告白だった？」
　何を先に言えばいいのかわからず質問に質問で返してしまうと、キャップをまわしていた芝

崎くんの手が止まった。そして、首の後ろをかきながら、ぎこちなくうなずく。
「……まぁ、うん」
「そっか……」
　覚悟していたものの、やっぱりそうだったんだなと心が曇った。
　風が吹き、地面に映る枝葉の影がゆらりゆらりと揺れている。遊具で遊ぶ子どもの声が、遠くから響いてくる。
「でも、断った」
「えっ！」
　思わず大きな声を出してしまい、口を押さえる。近くの木にとまっていたらしい鳥が、２羽ほど飛び立った。芝崎くんは、あきれたように細めた目を向ける。
「おどろきすぎ。言ったじゃん、好きな人がいるって」
「あのマネージャーさんじゃなかったの？」
「なんで？」
「だって、ヒント、ぜんぶあてはまってるし……」
　だんだん声が小さくなった。藤間さんに言われた言葉が、耳によみがえってくる。『まだ不確

定なことで悩むのはバカらしい』って。
　芝崎くんは、ななめ上を見ながらあごをさすり、
「ん？　あー……」
　と言った。たしかに、と思ったのかもしれない。
「ヒント、５つ答えるんだったっけ？」
　芝崎くんが、ベンチに背を預け、木を見上げながら言った。すきまからこぼれるまだらな光が、芝崎くんにもようをつけている。サワサワと、葉と葉がこすれる音が耳をくすぐる。
「４つ目のヒント、"人のいいところによく気づけて、ためらいもなく褒めることができる"」
　芝崎くんは、まだ上を見ている。その横顔を見ていた私は、ゆっくりと顔を戻した。さっきひと口飲んだままだったペットボトルのキャップを開け、こくりともうひと口飲んでみる。
　……あれ……？
　全身の細胞が、少しずつざわざわし出す。鼓動も、再び速まってきた。
「５つ目のヒントは……これを見て初めて好きだなって自覚したんだけど」
「……うん」

告白予定日

「"紫陽花もようの浴衣がよく似合う"」

　芝崎くんはそのまま木の梢を、私は反対側で遊んでいる子どもを見ていた。そして、おたがい視線を変えずに、しばらく沈黙が流れる。

「ふ、ふーん……」

　間を置いて私がそんな相槌を打つと、隣から「ハハッ」と笑い声。見ると、今まででいちばんじゃないかという笑顔の芝崎くんがこちらを見ていた。

　ふい打ちで胸がぎゅっとなり、一気に顔に熱が集中する。どんどん熱くなり、その顔を見られていることもこの上なくはずかしくなる。

　それでも、私は顔を下げなかった。

「芝崎くん」

「何？」

　両手で握りしめたペットボトルが、パリパリと音を立てる。意を決して息を吸いこんだ私は、芝崎くんの目をしっかりと見つめた。なぜなら。

「あのね、私……」

　部屋のカレンダー、今日の日付の下に「告白予定日」と書いたのだから。

［著者略歴］

麻沢 奏（あさざわ・かな）

鹿児島県出身。「イアム」名義でも活動中。著書に「放課後」シリーズ、『笑っていたい、君がいるこの世界で』『ウソツキチョコレート』（以上、スターツ出版）、『あの日の花火を君ともう一度』（双葉社）などがある。

イラスト　　mame
デザイン　　野条友史（buku）
組版　　　　株式会社RUHIA

55日後、きみへの告白予定日
こくはくよていび

2024年11月29日　第1版第1刷発行

著者	麻沢　奏	
発行者	永田貴之	
発行所	株式会社PHP研究所	
	東京本部	〒135-8137 江東区豊洲5-6-52
	児童書出版部	☎03-3520-9635（編集）
	普及部	☎03-3520-9630（販売）
	京都本部	〒601-8411 京都市南区西九条北ノ内町11
	PHP INTERFACE	https://www.php.co.jp/
印刷所	株式会社光邦	
製本所	東京美術紙工協業組合	

© Kana Asazawa 2024 Printed in Japan
ISBN978-4-569-88195-9
※本書の無断複製（コピー・スキャン・デジタル化等）は著作権法で認められた場合を除き、禁じられています。また、本書を代行業者等に依頼してスキャンやデジタル化することは、いかなる場合でも認められておりません。
※落丁・乱丁本の場合は弊社制作管理部（☎03-3520-9626）へご連絡下さい。送料弊社負担にてお取り替えいたします。
NDC913　191P　18cm